Stefan Zweig

Stefan Zweig naît à Vienne en 1881. L'écriture est pour lui un besoin omniprésent et une véritable obsession. Il n'a pas encore vingt ans lorsqu'il commence à être publié dans des revues et il devient vite célèbre. Il traduit beaucoup (Baudelaire, Verlaine, Keats, entre autres) et entretient de nombreuses relations épistolaires, notamment avec Romain Rolland et Sigmund Freud. Outre deux romans inachevés, son œuvre se partage entre poésie, théâtre, essais biographiques et plus d'une quarantaine de récits ou nouvelles. Ce sont ces dernières qui l'ont fait connaître. Parmi les plus connues : « La Peur », « Amok », « Vingt-quatre heures de la vie d'une femme », « Le Joueur d'échecs » et « La Confusion des sentiments ». Poussé à l'exil par la montée du nazisme et le conflit mondial, Zweig se donne la mort en février 1942 avec sa seconde femme à Petrópolis, au Brésil. Il est aujourd'hui l'un des auteurs les plus lus dans le monde.

Vingt-quatre heures
de la vie d'une femme

Stefan Zweig
Vingt-quatre heures de la vie d'une femme

Traduit de l'allemand
par Françoise Wuilmart

PAVILLONS POCHE
Robert Laffont

*« Pavillons Poche » remercie vivement
la collection « BOUQUINS » de lui avoir permis
la publication de l'ouvrage ci-présent,
extrait de* La Confusion des sentiments
et autres récits *de Stefan Zweig,
nouvelles traductions publiées
sous la direction de Pierre Deshusses.*

Titre original : VIERUNDZWANZIG STUNDEN AUS DEM LEBEN EINER FRA
Traduction française : Éditions Robert Laffont S.A.S., Paris, 2013, 2020

ISBN : 978-2-221-25176-8
Dépôt légal : janvier 2021
Éditions Robert Laffont – 92, avenue de France 75013 Paris

Préface

Stefan Zweig écrivait des œuvres brèves sur de brèves passions. Pourtant, de même que les coups de foudre modifient totalement l'existence, les nouvelles de Zweig nous marquent davantage que de volumineux opus. Zweig réussit ce paradoxe : petit sujet, courte forme, immenses répercussions.

Je ne sais combien de fois j'ai dévoré *Vingt-quatre heures de la vie d'une femme*, mais j'en retire deux certitudes : chaque lecture m'a éclairé différemment, je n'en suis toujours pas à ma dernière.

Où se trouve le secret de Zweig ? Quels éléments constituent son génie ?

Au départ, rien de plus classique que le thème : l'amour-passion. Rien de plus banal que l'anecdote : une femme soudainement prête à tout pour un homme. Cependant, Zweig déploie à la fois un propos, une profondeur psychologique et un art qui haussent son récit au rang de chef-d'œuvre.

Un propos

Zweig ne donne sa voix qu'aux vaincus, qu'aux fragiles, qu'aux blessés. Il ne traque jamais la grandeur. Surpris, divisés, inquiets, ses personnages s'écartent des héros : loin d'être extraordinaires, ils sont ordinaires ; au contraire des figures hugoliennes, ils n'incarnent pas « une force qui va », mais une faiblesse qui piétine... Qui, dans la littérature mondiale, a brossé des êtres plus proches de nous ?

Lui-même se perçut au long de sa vie comme un raté. Malgré son succès ou à cause de lui, il demeura intranquille, dubitatif sur la valeur ultime de ses livres. Il plaçait beaucoup d'écrivains au-dessus de lui, ceux du passé, bien sûr, comme Balzac, sur lequel il rédigea une étude durant des décennies, Dostoïevski, Tolstoï, Nietzsche, Stendhal, Marceline Desbordes-Valmore, auxquels il consacra des essais, les poètes Baudelaire, Verlaine, Rimbaud, qu'il traduisit en allemand, mais également ses contemporains dont il favorisa la diffusion, Romains, Verhaeren, Rolland, voire ceux, comme Joseph Roth, qu'il entretenait avec son argent.

Pour tant d'investissement, de générosité admirative, de modestie, il fut peu récompensé. De son vivant, on le considéra souvent comme un littérateur de deuxième rayon et aujourd'hui encore, en Allemagne, malgré des éditions dans cinquante langues, certains milieux tordent la bouche lorsqu'on l'évoque.

Raté, il se pensa. Et il estima non moins raté le combat de sa vie : transmettre les valeurs humanistes. L'auteur d'*Érasme*, qui ressemblait tant à ce philosophe hollandais, se battit pour la culture, le débat, le patrimoine européen, la tolérance, et n'obtint comme résultat sur ses vieux jours que la montée du nazisme. La langue qu'il employait devint celle du racisme et de la haine, la civilisation qu'il prônait fut balayée par la barbarie, la nuance succomba sous la force, les ouvrages de ses auteurs préférés et les siens brûlèrent en place publique sous les insultes et les cris des brutes. Son monde s'effondra. Il avait échoué. Il se réfugia d'abord en France et en Angleterre, puis se protégea ailleurs – les États-Unis, le Brésil – jusqu'à ce 22 février 1942 où il laissa ce message auprès de son cadavre : « Avant de quitter la vie de ma propre volonté et avec ma lucidité, j'éprouve le besoin de remplir un dernier devoir : adresser de profonds remerciements au Brésil, ce merveilleux pays qui m'a procuré, ainsi qu'à mon travail, un repos si amical et si hospitalier. De jour en jour, j'ai appris à l'aimer davantage et nulle part ailleurs je n'aurais préféré édifier une nouvelle existence, maintenant que le monde de mon langage a disparu pour moi et que ma patrie spirituelle, l'Europe, s'est détruite elle-même. Mais à soixante ans passés, il faudrait avoir des forces particulières pour recommencer sa vie de fond en comble. Et les miennes sont épuisées par les longues années d'errance. Aussi, je pense qu'il vaut mieux mettre fin à temps, et la tête haute, à une existence où le travail intellectuel a toujours été la joie la plus pure et la liberté individuelle le bien supérieur de ce monde. Je salue tous mes amis. Puissent-ils voir encore l'aube après la longue nuit ! Moi, je suis trop impatient, je pars avant eux. »

La souffrance, le doute, la désillusion, le sentiment d'échec appartiennent au destin humain. Comment les éviter ? Zweig s'en fit le chantre. Écrivain qui se croyait raté et qui pourchassait les ratés, Zweig a réussi à nous parler de nous.

Une profondeur psychologique

La nouvelle *Vingt-quatre heures de la vie d'une femme* offre une histoire à plusieurs épaisseurs.

La première couche, autant belle que traditionnelle, à la Racine, à la Corneille, présente un personnage subitement attaqué par la passion. La protagoniste, femme de quarante ans, veuve, raisonnable, a un coup de foudre pour un jeune homme. À l'instar des tragédiens ou des moralistes du Grand Siècle français, Zweig nous présente l'opposition entre l'amour-passion et l'amour profond. L'amour profond, celui qui suppose la connaissance intime de l'autre, l'héroïne l'a expérimenté avec son mari et le pratique avec ses enfants. L'amour-passion la surprend : il s'adresse à un étranger – après une nuit d'étreinte, elle ignore son nom et son histoire –, il crée une dépendance plutôt qu'un attachement, il se montre spontané, rapide, ardent, intense, et prend le contrôle de la personnalité. Sa ferveur supprime les doutes, la réflexion, la pondération, elle simplifie l'existence en la rendant vibrante et orientée. Rien n'est doux dans cet amour, mais tout est fort. Zweig décrit parfaitement cet incendie, ses tortures comme ses exaltations, et prouve que la passion, comme le soutenait le philosophe Alain, « c'est moi et ce n'est pas moi ». C'est moi parce que des désirs frustrés obtiennent satisfaction. Ce n'est pas moi, car je n'ai plus le choix, je suis gouverné par l'émotion, j'en oublie la raison, mes valeurs, les relations que j'avais auparavant construites.

La seconde couche révèle des zones moins labourées. Zweig compose des pages inoubliables sur les mains. Au casino, l'héroïne, comme le lui conseillait son défunt mari qui pratiquait la chiromancie – donc à l'incitation d'un mâle –, regarde les mains des joueurs au lieu de leurs visages. Pourquoi ? Si les visages sont sous contrôle, les mains faussent compagnie à la maîtrise. « Là-haut, par-dessus le col de la chemise, ils affichent le masque froid de l'impassibilité – ils répriment les plis qui veulent se former autour de la bouche et relèguent leurs émotions entre leurs dents serrées, ils dénient à leurs propres yeux le droit de manifester leur inquiétude » En revanche, les mains restent sauvages, expressives, sincères. Comment ne pas penser au sexe masculin, lequel échappe à la volonté et ne ment pas ? L'héroïne recherche la nudité des sentiments dans les mains, mais peut-être aussi la nudité des hommes... Elle évoque sans cesse sa peur et son désir devant les mains, autant dire l'érotisme même, l'envie de voir ce que l'on ne doit pas voir. L'excitation qu'elle en tire rappelle le fétichisme que Sigmund Freud, l'ami de Zweig, analyse à cette époque, ce fétichisme qui réduit l'attraction sexuelle à une partie du corps ou à un objet. D'ailleurs, quand les mains du Polonais apparaissent à l'héroïne, elle s'étonne de leur beauté puis précise que « c'était toute la force d'un homme débordant de passion qui se concentrait là au bout de ses doigts, pour empêcher qu'elle ne le fasse exploser lui-même. [...] jamais auparavant je n'avais vu des mains à ce point éloquentes, dont chaque muscle était une bouche et dont tous les pores distillaient la passion de façon presque tangible. »

Une troisième couche nous incite à saisir dans l'amour-passion un amour-miroir. L'héroïne croit s'occuper d'un jeune homme perdu, mais en fait elle s'aperçoit et se projette en lui. Dès que ses yeux remontent à son visage, elle décrit les éléments féminins qui composent le joueur, les épaules étroites, la peau fine, les longs cheveux blonds. Mince, délicat, « Tout comme les mains, il n'était pas très viril » En le suivant hors du casino, elle note : « je ne pensais d'ailleurs pas à lui comme à un homme. » Si elle souhaite le sauver de la mort, elle évite la sienne semblablement puisque, depuis le décès de son mari, elle erre de palace en palace comme un fantôme et reconnaît avoir constamment songé au suicide, sans conquérir le courage de le commettre.

Quand la pluie se déverse sur eux, cette pluie qui leur restitue un corps puisqu'elle les atteint sous leurs vêtements, elle se précipite vers l'homme, l'aborde et lui propose de s'abriter dans un hôtel « "Que voulez-vous ?" demanda-t-il, mais je ne sus quoi répondre, car j'ignorais moi-même où je voulais l'emmener : seulement l'arracher au froid de ce déluge, à cette apathie insensée et suicidaire dictée par un désespoir extrême. » Il est son miroir : elle s'arrache elle-même à son immobilité, à son apathie, à sa dépression, à ses tentations mortifères. Après une nuit où elle imagine le sauver en s'offrant à lui, elle se réveille métamorphosée. En le contemplant à son côté, elle découvre « un autre visage, un visage d'enfant, de jeune garçon qui *rayonnait* littéralement de pureté et de sérénité. » Il sourit, les yeux fermés, béat, détendu, libéré du poids intérieur, délivré. « À ce surprenant spectacle, le lourd manteau noir de l'angoisse glissa de mes épaules – je n'avais plus honte, non, j'étais même presque joyeuse. » Encore une fois, le miroir…

« Après le décès de mon mari, j'avais complètement renoncé à la vie. [...] dans l'impitoyable clarté du jour, il me faudrait l'aborder avec toute ma personne, le visage découvert, en tant qu'être bien vivant. » Elle ressuscite en même temps que l'homme. Et que la côte de la Riviera... « Et ce soulagement intérieur se reflétait aussi dans le miroir du paysage qui alentour baignait dans une lumière apaisée. » En miroir, amant, amante et panorama baignent dans la félicité.

L'étrange symétrie continue. De retour à l'hôtel, il refuse d'abord l'argent, prostré, sentant que cette transaction gâche leur relation. Ce qu'elle constate elle-même quelques instants après puisqu'il la fixe comme une sainte, davantage que comme une femme.

Ensuite, lorsqu'il échoue, elle échoue également. Lui perd au jeu, elle perd son amant. Elle lui reproche sa présence au casino, il lui reproche la sienne qui lui porte malchance. « Mais sa démence déchaîna ma colère, à moi aussi. » Elle s'éclipse en gagnant le banc où un jour plus tôt « l'insensé s'était effondré [...] Aussi faible, épuisée et brisée que lui la veille, je m'affalai sur la banquette de bois impitoyablement dure. »

Le miroir continue : elle s'enfuit, il s'enfuit. Elle dans son pays, lui dans un pays dont on ne revient pas.

Ici, Zweig, sans donner d'explications, ainsi que le lui conseillait son ami Freud, suggère que l'amour-passion est un amour que l'on adresse à l'autre autant qu'à soi. Désir d'aimer, il s'avère désir d'être aimé. C'est un amour en miroir, voire un amour au miroir.

Un art

Dans les premières pages, Stefan Zweig nous énonce son art poétique. Tout est consigné dans la conversation tenue par le narrateur avec l'héroïne devenue âgée.

Ne pas juger. Délaissons les juges qui condamnent. Le romanesque évite le tribunal. « J'ai personnellement plus de plaisir à comprendre les gens qu'à les juger. »

Ne pas mentir. On est fréquemment tenté de céder à la bienséance, d'habiller des pensées nues, de cacher les faits, de travestir les émotions. « La vérité à demi ne vaut rien, il la faut toujours entière. »

Chercher la rédemption par la lucidité. « Et alors j'ai pensé : pourquoi ne pas me décharger l'âme en en parlant, peut-être cela m'aidera-t-il à secouer le joug obsédant de cet éternel besoin de regarder en arrière […] sans plus ressentir de haine ni envers lui ni envers moi. » Catholique, l'héroïne se serait déchargée au confessionnal ; anglicane, elle a retenu son récit. Zweig s'amuse-t-il à nous dire que le protestantisme favorise la littérature ? « Cela m'a fait du bien de pouvoir vous raconter tout cela : je me sens plus légère et presque joyeuse… Je vous en suis reconnaissante. »

Accepter l'humanité dans sa complexité. Ici, je paraphraserai une formule frappante de l'œuvre – « Vieillir ne signifie rien d'autre que cesser d'avoir peur de son passé. » – en proposant : « Raconter, ne signifie rien d'autre que ne plus avoir peur de son psychisme. »

Enfin, l'art littéraire implique un pacte avec le lecteur « Je me vois contrainte à mon tour d'exiger que vous accordiez pleinement foi à la véracité de mes dires et que vous ne prêtiez pas à mes agissements des motifs cachés. » Zweig, recevant les confidences de l'héroïne, ne répond pas. Il attend « sans questionner ». Comme le lecteur.

Et le narrateur de conclure : « Je brûlais intérieurement de lui témoigner ma déférence par un simple mot. Mais ma gorge se noua. Je m'inclinai profondément et baisai respectueusement sa main fanée qui tremblait légèrement comme un feuillage d'automne. »

Vivantes, quoique crépusculaires, les pages de Zweig frémissent encore entre nos doigts.

Éric-Emmanuel Schmitt

Présentation

Cette nouvelle a paru en 1926 dans le recueil intitulé *La Confusion des sentiments*. Freud la considérait comme un authentique chef-d'œuvre. Zweig lui en avait communiqué le manuscrit plusieurs mois avant sa publication : rappelons en effet que les deux hommes ont entretenu une correspondance assidue pendant plus de trente ans et qu'ils s'échangeaient leurs livres. Ce que le maître de la psychanalyse apprécie par-dessus tout dans ce récit, c'est le mariage réussi de la qualité esthétique du texte (il parle de son « inquiétante étrangeté ») et de sa véracité psychologique : ici la poésie est aussi vérité. Freud utilisera lui-même une de ses chères métaphores pour en parler : elle a l'efficacité d'une empreinte obtenue en appliquant une feuille de papier humide sur la pierre qui porte l'inscription. Autrement dit, l'écriture de Zweig épouse parfaitement son sujet ancré dans le réel.

Un drame survient dans le cercle fermé des pensionnaires d'un hôtel de Monte-Carlo : une honorable mère de famille quitte un soir mari et enfants pour fuir en compagnie du beau jeune homme arrivé deux jours plus tôt et qui fait la une des distingués ragots. L'événement donne lieu à maints débats et prises de position. Une vieille aristocrate anglaise est touchée par l'avis qu'émet le narrateur : loin de blâmer la prétendue pécheresse, il prend sa défense. La dame, sensible à cette optique, l'invite alors à écouter sa propre histoire. Nous avons donc affaire une fois de plus à un récit enchâssé, mais avec des donnes et des aboutissements bien différents de ceux des autres nouvelles

Le récit de la vieille dame n'a pas valeur de simple acte communicatif. La longue confession faite dans sa chambre d'hôtel évoque immanquablement la rencontre de l'auditeur-thérapeute et de sa patiente dont l'acte de parole est ici performatif. Si elle veut se confesser au narrateur, c'est dans un souci de délivrance, de catharsis. Son lourd secret, trop longtemps gardé, cessera de la tarauder et de la culpabiliser dès lors qu'elle l'aura dévoilé et narré dans tous ses détails à une oreille bienveillante, et nous savons que chez Zweig le secret n'est pas accessoire : il est la clé qui libère l'individu du bourreau qu'il porte en lui. Le verbe a donc une fonction, comme dans *Nuit fantastique* où il permettait à l'auteur du journal intime de fixer une bonne fois pour toutes et de s'approprier l'événement extraordinaire, de l'entériner

Les métaphores zweiguiennes sont quasi toutes de nature organique et en tout cas physique. Les émotions violentes se manifestent dans le tréfonds des entrailles, circulent dans les veines, battent aux tempes et font frémir tout le corps, rappelant à l'homme qu'il est mû par des forces souterraines pouvant à tout moment avoir raison de lui. Ces réactions corporelles exacerbées qui se déroulent indépendamment de la volonté et de la raison sont l'expression subite et incontrôlée de la nature humaine profonde, ensevelie sous les strates du comportement policé (celui de la « bonne société viennoise »), et elles culminent avec une outrance tout expressionniste dans ce récit qui met en scène un des acteurs les plus éloquents de la passion intérieure et contenue : la main (et l'on peut comprendre que cette expressivité particulière qui tend vers la révélation de secrets, pour la plupart de nature sexuelle, ait fasciné Freud). Chez Zweig, la main semble souvent se dissocier du corps et agir seule, comme un instrument qui échapperait au contrôle de son possesseur. Que l'on songe aux mains des trois cousines d'*Histoire au crépuscule*, mains qui courent comme des embarcations sur la nappe blanche, mains qui détiennent le lourd secret, ou encore aux mains du peintre de *La Contrainte*, qui malgré lui ouvriront le courrier redouté et feront ses bagages, et, à un degré moindre, aux mains des caissiers du champ de courses de *Nuit fantastique*. Dans cette nouvelle-ci, la main devient un protagoniste à part entière. Sur la table de jeu du casino, ce sont les mains qui trahissent les sentiments les plus houleux au milieu des masques affichés, des contenances affectées, des manières du beau monde. Et c'est des mains d'un des joueurs que l'Anglaise tombera amoureuse à son insu. Les quelques pages consacrées ici à la description de ces mains, qui tour à tour luttent entre elles, sont prises de spasmes convulsifs, se comportent comme des rapaces, retombent et s'abandonnent au désespoir avant de renaître, constituent sans aucun doute une pièce d'anthologie. On a l'impression que l'essence même de l'être va se concentrer tout entière dans ces mains autonomes et c'est parce qu'elles la fascinent que l'Anglaise lèvera enfin les yeux sur le visage correspondant.

Ces mains-ci appartiennent à une victime de la passion du jeu : un jeune Polonais. En elles l'Anglaise, telle une chiromancienne, déchiffrera avec une acuité presque visionnaire le tragique destin qui menace le jeune homme. À partir d'ici, elle ne pourra s'empêcher d'intervenir pour arracher l'inconnu au triste sort qu'il se réserve, consciemment ou inconsciemment : la mort. Si Freud vouait à cette nouvelle une admiration toute particulière, c'est notamment parce qu'elle illustre de manière littéraire et plastique un des archétypes fondamentaux de nos personnalités : le fantasme (masculin) de la mère initiatrice. Il y relèvera la différence d'âge entre la femme mûre et le jeune homme, soulignera la parenté entre l'addiction au jeu et les dangers de l'onanisme contre lesquels la mère veut mettre en garde son enfant. Car, pour Freud, la passion du jeu est un avatar de l'onanisme.

Cette fois encore, la nuit est le lieu privilégié de la mise à nu des tréfonds humains et de l'éclosion de la vérité. Irrémédiablement captive de la tâche qu'elle s'est assignée : sauver le jeune inconnu, et qui donne enfin un sens à sa vie, la femme n'aura de cesse qu'elle ne l'ait fait jurer de ne plus jamais jouer. Pour y arriver elle passera la nuit avec lui et prendra aux yeux des autres, et de sa conscience intime mais encore refoulée, des allures de prostituée. Tous ses gestes seront, mais inconsciemment, ceux d'une femme amoureuse qui finalement décide de tout abandonner pour suivre l'inconnu. C'est donc une fois encore (comme dans *Nuit fantastique*) en descendant les échelons de la hiérarchie sociale et morale, en se mettant au niveau des « parias » (l'hôtel borgne, le lit partagé avec un inconnu) qu'elle accédera à sa vérité. À noter aussi que ces ravages intérieurs sont en parfait accord avec une nature déchaînée qui traîne pour ainsi dire le couple improvisé dans la boue de son déluge nocturne. En revanche, c'est en plein jour, au cours d'une excursion en fiacre sur la corniche, qu'elle vivra quelques moments d'intense bonheur en compagnie de l'inconnu et qu'elle lui arrachera le serment de renoncer au jeu. Et pourtant : ni ce bonheur de courte durée ni le serment ne correspondent à une réalité dotée d'un avenir, car chez Zweig la lumière diurne ne met en relief que le mensonge.

Cette nouvelle met aussi en scène une tragédie au sens classique du terme : l'inconnu n'échappera pas à son destin en dépit des efforts d'une volonté salvatrice extérieure à lui et qui s'acharne sur lui. Quant à l'Anglaise, seule sa confession bien tardive (l'histoire s'est passée vingt ans auparavant) la délivrera à tout jamais de son martyre, la parole étant aussi, comme l'enseigne Freud, un moyen de sublimer la sexualité.

Françoise Wuilmart

Dans la petite pension de la Riviera où je séjournais alors (dix ans avant la guerre) avait éclaté à notre table une violente discussion qui menaça brusquement de dégénérer en un échange de répliques virulentes, pour ne pas dire haineuses et injurieuses. La plupart des gens ont l'imagination obtuse. Ce qui ne les touche pas directement, ce qui n'ébranle pas leur sensibilité à coups de burin parvient rarement à les enflammer ; mais le moindre incident survient-il sous leurs yeux, à portée de leurs sentiments, et les voilà en proie à une passion démesurée. Une manière en quelque sorte de compenser leur indifférence coutumière par des accès de véhémence déplacée et outrancière.

Cette fois encore, nous en étions arrivés là à notre tablée ô combien bourgeoise, qui se livrait d'ordinaire à d'inoffensifs *small talks* émaillés de petites plaisanteries futiles et se dispersait aussitôt le repas terminé : le couple allemand pour faire ses excursions ou chasser des images, le corpulent Danois pour aller s'ennuyer à la pêche, l'Anglaise distinguée pour retrouver ses livres, le couple italien pour faire ses escapades à Monte-Carlo et moi pour aller me prélasser dans la chaise longue du jardin ou bien pour travailler. Cette fois pourtant, la discussion acharnée eut pour effet de nous retenir tous accrochés les uns aux autres et, si l'un de nous se levait brusquement, ce n'était pas pour prendre congé poliment comme à l'accoutumée mais dans un mouvement impulsif d'exaspération et avec une irritation qui, comme je l'ai indiqué, tournait à la furie.

Il est vrai que l'événement qui avait à ce point attisé notre petite compagnie avait de quoi interloquer. La pension où nous habitions tous les sept avait extérieurement l'aspect d'une villa isolée – ah, quelle vue splendide depuis nos fenêtres sur la plage festonnée de roches déchiquetées ! – mais en réalité elle n'était qu'une dépendance moins coûteuse du grand Hôtel Palace, auquel elle était directement reliée par les jardins, de sorte que nous, les pensionnaires d'à côté, étions en constante relation avec ses résidents. Or il se fait que, la veille, cet hôtel avait eu à enregistrer un parfait scandale. En effet, par le train de midi, exactement de midi vingt (je ne puis m'empêcher d'évoquer l'heure avec précision car elle est de la plus haute importance, non seulement dans l'histoire mais aussi pour le sujet abordé dans nos conversations si animées), un jeune Français était arrivé et avait loué une chambre donnant sur la mer, ce qui en soi déjà trahissait une certaine aisance pécuniaire. Il se faisait agréablement remarquer non seulement par son élégance discrète mais surtout par son extraordinaire beauté, qui par ailleurs était avenante : au milieu d'un étroit visage de jeune fille, une moustache d'un blond soyeux semblait caresser ses lèvres qui étaient d'une chaude sensualité, une chevelure légère, brune et bouclée surmontait son front blanc, et chacun des regards lancés par ses yeux excessivement doux était une caresse – tout en lui était tendre, flatteur, aimable sans être du tout artificiel ou maniéré. Certes, de prime abord il faisait quelque peu penser à ces mannequins de cire au teint rosé et à la posture affectée qui, une élégante canne à la main, incarnent dans les vitrines des grands magasins de mode l'idéal de la beauté masculine, mais un regard plus attentif effaçait vite cette impression de fatuité car chez lui l'amabilité était (fait des plus rares !) innée et naturelle et faisait pour ainsi dire corps avec l'individu. Il n'omettait jamais de saluer chacune des personnes qu'il rencontrait sur son passage et le faisait d'une manière à la fois modeste et cordiale, et c'était un vrai bonheur de voir combien sa grâce toujours disponible se manifestait spontanément à la moindre occasion. Quand une dame se dirigeait vers le vestiaire, il s'empressait d'aller lui chercher son manteau, il gratifiait chaque enfant d'un regard aimable ou d'une petite plaisanterie, il était à la fois sociable et discret – bref, c'était sans conteste un de ces êtres privilégiés chez qui la certitude éprouvée de plaire aux autres par la clarté du regard et le charme de la jeunesse s'était mue en une séduisante assurance. Parmi les résidents de l'hôtel, qui pour la plupart étaient âgés et de santé précaire, sa présence était un véritable bienfait et, avec cette démarche triomphante propre à la jeunesse, avec ces bouffées de légèreté et de fraîcheur que la grâce de la vie prête si divinement à certaines créatures, il avait irrésistiblement forcé la sympathie de tous. Deux heures à peine après son arrivée, il jouait déjà au tennis avec les deux filles du corpulent et solide fabricant de Lyon, la petite Annette, âgée de douze ans, et Blanche, âgée de treize, tandis que leur mère, la fine, délicate et très réservée Mme Henriette, regardait en souriant avec quelle coquetterie inconsciente ses deux oisillons à peine tombés du nid flirtaient avec le jeune étranger. Le soir, il assista pendant une heure à notre partie d'échecs, relatant parfois de gentilles anecdotes mais sans nous déranger, et peu après on le vit à plusieurs reprises arpenter la terrasse un long moment en compagnie de Mme Henriette, dont le mari jouait comme toujours aux dominos avec un confrère ; tard dans la soirée, je le découvris encore en pleine conversation avec la secrétaire de l'hôtel, dans l'ombre du bureau, et tout portait à croire qu'il s'agissait d'un entretien de nature intime. Le lendemain matin, il accompagna mon partenaire danois à la pêche et y fit preuve d'un savoir-faire surprenant, il eut ensuite avec le fabricant de Lyon un long entretien sur la politique, et de toute évidence il en parlait bien car de temps à autre le rire franc du gros monsieur retentissait plus fort que le bruit de la mer. Après le repas – il est nécessaire pour mieux comprendre la situation que je rapporte avec précision toutes ces phases de son emploi du temps –, il prit un café seul avec Mme Henriette dans le jardin où ils restèrent une bonne heure, fit encore une partie de tennis avec ses filles et s'entretint avec le couple allemand dans le hall de l'hôtel. À six heures, en allant poster une lettre, je le rencontrai à la gare. Il vint d'un pas empressé à ma rencontre et me raconta, comme pour s'excuser, qu'on venait subitement de le rappeler ailleurs, mais qu'il serait de retour dans deux jours. Et en effet, le soir, il n'était pas dans la salle à manger, du moins pas physiquement car il n'était question que de lui à toutes les tables où l'on vantait son caractère affable et joyeux.

Cette nuit-là, il pouvait être onze heures, j'étais dans ma chambre pour y terminer la lecture d'un livre lorsque par la fenêtre ouverte me parvinrent du jardin des cris et des appels inquiets, tandis qu'une certaine agitation semblait régner dans l'hôtel. Plus anxieux que curieux, je parcourus immédiatement la cinquantaine de pas qui m'en séparaient et j'y trouvai les résidents et le personnel complètement affolés qui couraient dans tous les sens. Mme Henriette, pendant que son mari, ponctuel comme toujours, jouait aux dominos avec son ami de Namur, n'était pas rentrée de sa promenade vespérale sur le front de mer et l'on craignait qu'elle n'ait été victime d'un accident. L'homme pourtant corpulent et lourd revenait sans cesse vers la plage, fonçant comme un taureau, et, quand sa voix altérée par l'émotion criait dans la nuit « Henriette ! Henriette ! », ce son avait quelque chose d'aussi terrifiant et primitif que le hurlement d'une énorme bête frappée à mort. Les serveurs et les boys, dans tous leurs états, montaient et descendaient les escaliers de l'hôtel, on réveilla tous les clients et on téléphona à la gendarmerie. Et au milieu de tout ce tumulte, le gros homme trépignant et trébuchant dans tous les sens, le gilet déboutonné, ne cessait de crier absurdement dans la nuit le prénom « Henriette ! Henriette ! » en sanglotant et en hurlant. Sur ces entrefaites, les enfants s'étaient réveillées et, en chemise de nuit, elles appelaient leur mère depuis la fenêtre, tandis que le père montait les escaliers quatre à quatre pour aller les tranquilliser.

Se produisit alors quelque chose de si effroyable qu'il est quasi impossible d'en faire le récit : en ces moments de débordements excessifs, la nature humaine tendue à l'extrême confère souvent au comportement une expression à ce point tragique que ni l'image ni le mot ne seraient à même de la dépeindre avec toute la puissance qui est la sienne quand elle éclate comme la foudre. Soudain notre homme corpulent et pesant descendit les marches qui grincèrent sous son poids ; son visage était méconnaissable et ses traits étaient à la fois las et courroucés. Il tenait une lettre à la main. « Rappelez tout le monde ! lança-t-il au chef du personnel d'une voix tout juste intelligible. Rappelez tous vos gens, ce n'est plus nécessaire. Ma femme m'a quitté. »

Il y avait de la tenue dans cet être frappé à mort, une contenance surhumaine face à tous ces curieux qui se pressaient autour de lui et qui, effrayés, honteux, confus, préféraient maintenant s'éloigner. Il lui restait juste assez de force pour passer devant nous en chancelant et sans regarder personne, avant d'aller éteindre la lumière dans le salon de lecture ; on entendit alors son gros corps massif s'affaler lourdement dans un fauteuil, puis dans le silence retentit un sanglot bestial et sauvage tel que seul un homme qui n'a jamais pleuré peut en éructer. Et cette douleur primaire exerça sur chacun de nous, et jusqu'au dernier, une sorte de violence écrasante. Pas un serveur, pas un des clients poussés par la curiosité n'osait risquer un sourire ou un simple mot de commisération. L'un après l'autre, rendus muets et consternés par cette fracassante explosion de sentiments, nous regagnâmes nos chambres à pas de loup tandis que cette pauvre créature humaine terrassée dont les sanglots secouaient tout le corps se retrouvait seule avec elle-même dans une pièce sombre de la grande maison qui lentement s'éteignait au milieu les chuchotements, des murmures, des soupirs et des bruissements furtifs.

On comprendra aisément qu'un événement aussi foudroyant survenu sous nos yeux soit de nature à émouvoir puissamment des gens coutumiers de l'ennui et du passe-temps insouciant. Mais la discussion véhémente qui s'ensuivit à notre table et s'enflamma au point de friser les voies de fait, bien qu'ayant eu cet incident pour point de départ, était plutôt un débat de fond, et elle tourna bientôt à l'affrontement furieux de conceptions de la vie diamétralement opposées. En effet, par suite de l'indiscrétion d'une femme de chambre qui avait lu la lettre – l'époux complètement effondré avait dû, dans un geste de colère impuissante, la chiffonner et la jeter quelque part dans la pièce –, le bruit s'était vite répandu que Mme Henriette avait pris la fuite non pas seule mais en compagnie du jeune Français (envers qui la sympathie de la plupart d'entre nous se mit dès lors à fondre à vue d'œil). Or, de prime abord, il pouvait paraître tout à fait normal que cette petite Madame Bovary ait préféré troquer son gros provincial de mari contre un joli garçon, jeune et élégant. Mais ce qui intriguait à ce point toute la maisonnée, c'était le fait que ni le fabricant ni ses filles, pas plus d'ailleurs que Mme Henriette elle-même, n'avaient rencontré ce Lovelace auparavant, ce qui signifiait que la conversation de deux heures la veille au soir sur la terrasse et l'heure passée ensemble à prendre le café au jardin avaient suffi à pousser une femme de quelque trente-trois ans, réputée irréprochable, à quitter du jour au lendemain son mari et ses deux enfants et à suivre au petit bonheur la chance un jeune élégant qui lui était parfaitement étranger. Pourtant, notre table était unanime à ne voir dans cet état de fait apparemment indiscutable qu'une perfide tromperie et une astucieuse manœuvre du couple d'amoureux : il était clair que Mme Henriette entretenait depuis bien longtemps des relations cachées avec le jeune homme et que l'enjôleur n'était venu ici que pour fixer les derniers détails de l'escapade car – telle était leur conclusion – il était totalement inconcevable qu'une honnête femme prenne ainsi la fuite après un premier contact de deux heures seulement, et au premier claquement de doigts. Quant à moi, je pris plaisir à émettre un avis différent, soutenant avec force une telle éventualité, voire une telle probabilité, chez une femme que les longues années d'une union fastidieuse et décevante avaient intérieurement préparée à devenir la proie d'une mainmise énergique. Mon opposition inattendue eut pour effet d'étendre la discussion à toute la table et surtout de l'animer passionnément car les deux couples présents, allemand aussi bien qu'italien, s'étaient mis à décrier avec un dédain carrément offensant l'existence du coup de foudre dans lequel ils ne voyaient que sottise ou cliché de romances insipides.

Bref, il serait ici sans intérêt de remâcher dans tous ses détails le déroulement houleux d'une querelle menée entre la poire et le fromage : seuls les professionnels de la *Table d'hôte** peuvent prétendre avoir assez d'esprit pour trouver d'emblée les bonnes thèses tandis que dans le feu d'échanges fortuits les convives n'ont souvent recours qu'à des arguments banals, glanés en hâte et d'une main maladroite. Il est difficile aussi d'expliquer pourquoi notre discussion prit aussi vite une tournure désobligeante ; je crois que l'irritation était d'abord due au fait qu'inconsciemment les deux époux préféraient imaginer leur femme à l'abri des possibilités de tels écarts et de telles chutes. Malheureusement, ils ne trouvèrent rien de mieux à m'objecter que seul un homme qui jugeait l'âme féminine uniquement sur la base de ses conquêtes fortuites et faciles pouvait parler de la sorte : cela avait déjà de quoi m'énerver, mais quand la dame allemande vint y ajouter son grain de sel sentencieux, assurant qu'il y avait d'un côté les « femmes dignes de ce nom » et de l'autre les « natures de catins », catégorie dans laquelle elle rangeait d'office Mme Henriette, je perdis complètement patience et devins moi-même agressif. Le déni d'un fait aussi incontestable que celui-ci : que, dans bien des moments de son existence, une femme soit involontairement et inconsciemment la proie de puissances mystérieuses, ce refus d'admettre une telle évidence, me semblait ni plus ni moins dissimuler la crainte de son propre instinct, du démonisme de notre nature, sans oublier que d'aucuns trouvent un certain plaisir à se sentir plus forts, plus moraux et plus propres que « ceux qui cèdent vite à la tentation ». J'ajoutai que personnellement je trouvais plus honnête qu'une femme se laisse aller librement et passionnément à son instinct plutôt que de tromper son mari en fermant les yeux quand elle est dans ses bras, comme c'est si souvent le cas. Voilà à peu près ce que je dis et, plus les autres s'attaquaient à la pauvre Mme Henriette dans cette conversation qui s'envenimait, plus je la défendais avec une passion qui, je dois l'avouer, dépassait mon intime conviction. Or mon enthousiasme fut la goutte d'eau qui fit déborder le vase : exaspérés, les deux couples s'en prirent à moi avec une solidarité digne du plus harmonieux des quatuors, si bien que le vieux Danois, qui restait assis là, le visage jovial et le chronomètre à la main comme s'il arbitrait un match de football, se crut obligé de taper de temps en temps sur la table du revers de la main pour nous exhorter au calme avec son : « *Gentlemen, please* ». Mais l'effet n'était pas de longue durée. Par trois fois déjà, l'un des deux messieurs, le visage cramoisi, s'était levé d'un bond malgré les efforts pénibles de sa femme pour le calmer – bref, encore une douzaine de minutes et nous en serions venus aux mains si Mrs C. n'était soudain venue mettre un peu de baume lénifiant sur les brûlures vives de nos échanges.

Mrs C., la vieille dame anglaise aux cheveux blancs et pleine de distinction, devenait, sans avoir été élue, présidente d'honneur de notre table. Assise bien droite à sa place, elle nous manifestait à chacun une égale amabilité, elle parlait peu mais prêtait une oreille attentive et agréablement intéressée à ce qui se disait, et son aspect physique était déjà en soi un bienfait pour les yeux : de sa personne empreinte d'une réserve tout aristocratique se dégageait une impression de paix et de concentration admirables. Dans une certaine mesure, elle se tenait à distance tout en nous témoignant à chacun et avec le plus grand tact des égards particuliers : la plupart du temps, elle était assise dans le jardin avec ses livres, parfois elle se mettait au piano, on ne la voyait que très peu en compagnie d'autres personnes ou engagée dans une conversation intense. On ne la remarquait guère et pourtant elle exerçait sur nous tous un pouvoir singulier. Car à peine était-elle intervenue pour la première fois dans nos débats que nous éprouvâmes à l'unanimité le sentiment pénible d'avoir été trop bruyants et de nous être laissés aller.

Mrs C. avait mis à profit la fâcheuse interruption causée par le monsieur allemand qui s'était levé brusquement puis était revenu sagement s'asseoir à notre table sur l'injonction de sa femme. À notre grande surprise, Mrs C. leva vers nous ses yeux gris et clairs, qu'elle fixa sur moi un instant, l'air indécis, avant de reprendre à son compte le thème du débat qu'elle développa avec beaucoup de clarté et une objectivité presque parfaite.

« Si je vous ai bien compris, vous croyez donc que Mme Henriette, qu'une femme puisse être précipitée innocemment dans une aventure inopinée, autrement dit qu'il y a donc des actes qu'une femme aurait jugés impossibles une heure auparavant, et dont elle ne saurait être tenue responsable ?

— Je le crois, absolument, chère madame.

— Ce qui signifie que tout jugement moral serait sans valeur et toute violation des lois de l'éthique justifiée. Si vous croyez réellement que le "crime passionnel", comme l'appellent les Français, n'est pas un crime, à quoi bon une justice d'État ? Il ne faut pas tant de bonne volonté – et vous en avez étonnamment beaucoup, ajouta-t-elle avec un léger sourire – pour découvrir dans chaque crime une passion et l'excuser en vertu de cette passion. »

Le ton clair et quelque peu enjoué de ses paroles me fit un bien extraordinaire, et, imitant malgré moi son objectivité déclarée, je lui répondis mi-plaisant, mi-sérieux : « La justice d'État doit sans aucun doute trancher plus sévèrement que moi ; le devoir qui lui incombe est de protéger impitoyablement la morale et les conventions générales, ce qui la contraint à condamner plutôt qu'à excuser. Mais en tant qu'individu je vois mal pourquoi je devrais assumer de mon plein gré le rôle du ministère public : je préfère donc me déclarer avocat de la défense, par vocation. J'ai personnellement plus de plaisir à comprendre les gens qu'à les juger. »

Mrs C. me regarda un certain temps, bien en face, de ses yeux gris et clairs, et sembla hésiter. Je craignais déjà qu'elle ne m'ait pas très bien compris et je m'apprêtais à lui répéter mon discours en anglais. Mais avec un sérieux remarquable, comme s'il s'agissait d'un examen, elle poursuivit son interrogatoire.

« Ne trouvez-vous donc pas méprisable ou odieux qu'une femme abandonne son mari et ses deux enfants pour suivre un individu quelconque dont elle ne sait même pas encore s'il est digne de son amour ? Pouvez-vous excuser un comportement aussi désinvolte et irréfléchi chez une femme qui n'est plus d'ailleurs toute jeune et qui devrait donc avoir appris à se respecter elle-même, ne serait-ce que pour l'amour de sa progéniture ?

— Je ne puis que vous répéter, chère madame, fis-je en persistant, que dans ce cas précis je me refuse à juger ou à condamner. Devant vous je veux bien reconnaître en toute sérénité que j'ai un peu exagéré mon point de vue tout à l'heure – cette pauvre Henriette n'est certes pas une héroïne, ce n'est même pas une aventurière et moins que tout une *grande amoureuse**. Autant que je la connaisse, elle ne semble pas être autre chose qu'une femme ordinaire, faible, pour laquelle j'éprouve quelque respect parce qu'elle a eu le courage de suivre sa volonté, mais plus encore de la compassion, devinant que demain, sinon aujourd'hui déjà, elle sera sans aucun doute profondément malheureuse. Peut-être a-t-elle agi sottement, et surtout précipitamment, mais sa conduite n'a rien de vil ni de bas, et tout comme avant je conteste à quiconque le droit de mépriser cette pauvre femme infortunée.

— Et vous-même, éprouvez-vous encore exactement le même respect et la même considération envers elle ? Ne faites-vous aucune distinction entre la femme honnête que vous fréquentiez avant-hier et celle qui a pris la poudre d'escampette hier avec ce parfait étranger ?

— Non, aucune. Pas la moindre, pas la moindre des moindres.

— *Is that so ?* » – inconsciemment elle s'était mise à parler anglais, sans doute toute cette conversation la touchait-elle au plus haut point. Après un bref instant de réflexion elle leva une fois encore vers moi son regard clair et interrogateur :

« Et si jamais demain vous rencontriez Mme Henriette, disons à Nice, au bras de ce jeune homme, vous la salueriez encore ?

— Certainement.

— Et vous lui parleriez ?

— Certainement.

— Et si... si... vous étiez vous-même marié, présenteriez-vous une telle femme à la vôtre, comme si de rien n'était ?

— Certainement.

— *Would you really ?* s'exclama-t-elle cette fois encore en anglais, interloquée et n'en croyant pas ses oreilles.

— *Surely I would* », rétorquai-je sans le vouloir moi aussi en anglais.

Mrs C. se tut. Elle semblait toujours plongée dans ses réflexions lorsque soudain, comme étonnée elle-même de sa propre bravoure, elle me dit en me dévisageant : « *I don't know if I would. Perhaps I might do it also.* » Et avec cette indescriptible assurance que seuls les Anglais peuvent avoir pour mettre un point final à un entretien sans brusquerie ni grossièreté aucune, elle se leva et me tendit une main amicale. Son intervention avait ramené le calme à notre table et, nous qui venions de nous opposer les uns aux autres, nous lui fûmes tous intérieurement reconnaissants d'être à nouveau capables de nous saluer avec une relative politesse et de sentir l'atmosphère dangereusement tendue se détendre grâce à quelques bons mots.

Bien que notre joute ait eu une issue chevaleresque, l'exaspération générale n'en laissa pas moins des traces et un léger froid s'installa entre mes opposants et moi. Le couple allemand se montrait réservé, et dans les jours qui suivirent le couple italien prit un malin plaisir à me demander régulièrement sur un ton persifleur si j'avais par hasard des nouvelles de la « *cara signora Henrietta* ». Même si nos manières demeuraient courtoises, il y avait dans la convivialité loyale et non forcée qui avait régné à notre table quelque chose d'irrévocablement perdu.

Mais l'ironique froideur de mes anciens adversaires me sautait d'autant plus aux yeux qu'elle contrastait avec l'amabilité toute particulière que me manifestait Mrs C. depuis notre discussion. Habituellement très réservée de nature, et peu encline à converser avec ses compagnons de table en dehors des repas, elle trouvait maintenant des occasions multiples de m'aborder au jardin et – aurais-je envie de dire – de me « sortir du lot », car la noble réserve de ses manières conférait à un entretien privé le caractère d'une faveur spéciale. Et pour être tout à fait honnête, je dois même avouer qu'elle avait plutôt l'air de me chercher et de saisir le moindre prétexte pour entrer en conversation avec moi, et c'était à ce point flagrant que j'aurais pu en concevoir des idées un peu spéciales et futiles s'il ne s'était agi d'une vieille femme aux cheveux blancs. Mais dès que nous bavardions ensemble, la conversation revenait inéluctablement à notre point de départ, à Mme Henriette : on aurait dit qu'elle éprouvait secrètement du plaisir à épingler, chez cette femme oublieuse de son devoir, la mollesse de caractère et le manque de sérieux. Mais en même temps elle semblait se réjouir de voir combien ma sympathie envers cette créature délicate et douce restait inébranlable et que rien ne parvenait jamais à me faire quitter cette position. Sans cesse elle orientait nos conversations dans cette direction, si bien qu'à la fin je ne savais plus quoi penser de cet entêtement curieux et presque obsessionnel.

Cela dura quelques jours, cinq ou six, sans qu'aucune de ses paroles ne trahisse jamais la raison pour laquelle ce sujet de conversation avait revêtu pour elle une certaine importance. Mais j'en acquis la certitude quand au cours d'une promenade je lui annonçai par hasard que mon séjour ici touchait à sa fin et que je pensais m'en aller le surlendemain. Alors son visage d'ordinaire si paisible prit soudain une expression curieusement tendue, et dans ses yeux gris de mer passa comme l'ombre d'un nuage : « Comme c'est dommage, j'avais encore tant de choses à débattre avec vous. » À partir de ce moment-là, son inquiétude et sa nervosité me laissèrent entendre que, tout en parlant, elle pensait à quelque chose qui la préoccupait au plus haut point et la distrayait de notre entretien. Jusqu'à sembler elle-même dérangée par cet état d'absence, car juste après un bref silence elle me tendit brusquement la main :

« Je me rends compte que je suis incapable d'exprimer clairement ce que je voudrais vous dire en réalité.

Je vais plutôt vous l'écrire. » Et d'un pas plus rapide que celui que j'étais habitué à lui voir, elle se dirigea vers la villa.

Et en effet, le soir même, juste avant le dîner, je trouvai dans ma chambre une lettre rédigée d'une écriture énergique et franche. Hélas ! je n'ai pas pris grand soin des documents reçus dans mes jeunes années, si bien que je serais incapable de reproduire littéralement le texte de ce billet, mais je me rappelle assez bien sa teneur : elle voulait savoir si je l'autorisais à me raconter un épisode de son existence. L'événement était si ancien, écrivait-elle, qu'il ne faisait plus partie à proprement parler de sa vie actuelle, et de savoir que je partais le surlendemain lui rendait la tâche plus facile pour me parler de quelque chose qui la tourmentait et la préoccupait intérieurement depuis plus de vingt ans. Si donc un tel entretien ne m'importunait pas outre mesure, elle me priait de bien vouloir lui accorder une heure d'attention.

La lettre, dont je n'esquisse ici que le contenu, me fascina au plus haut point : son anglais à lui seul lui conférait un degré élevé de clarté et de fermeté. Pourtant il ne me fut pas facile de répondre et je dus déchirer trois brouillons avant d'écrire ceci :

« La confiance que vous me témoignez m'est un réel honneur, et je vous promets de vous répondre sincèrement si c'est ce que vous voulez. Je ne puis naturellement vous demander de me raconter plus que ce que vous souhaitez, mais je voudrais que ce que vous me raconterez, à moi mais aussi à vous-même, le soit dans le plus grand souci de vérité. Je vous prie de croire que je considère votre confiance comme une exceptionnelle marque d'estime. »

Le billet lui fut porté le soir même dans sa chambre et, le lendemain matin, je trouvai cette réponse :

« Vous avez entièrement raison : dire les choses à moitié n'a aucun sens, seule importe la vérité tout entière. Je mettrai tous mes efforts à ne rien cacher, ni envers vous ni envers moi-même. Rejoignez-moi dans ma chambre après le dîner – à soixante-sept ans, je n'ai plus de raisons de craindre un quelconque malentendu. Car au jardin ou en présence d'autres personnes, il m'est impossible de parler. Croyez-moi, ce ne fut pas chose facile que de prendre cette décision. »

Dans le courant de la journée, nous nous vîmes encore à table et nous conversâmes normalement de choses et d'autres. Mais dans le jardin où elle me rencontra par hasard, elle m'évita, visiblement embarrassée, et il était à la fois pénible et touchant de voir cette dame aux cheveux blancs fuir devant moi dans une allée de pins comme une jeune fille effarouchée.

Le soir, à l'heure convenue, je frappai à sa porte, elle l'ouvrit aussitôt : la pièce était plongée dans une faible pénombre, éclairée seulement par une petite lampe qui projetait sur la table son cône de lumière jaunâtre au milieu de l'obscurité crépusculaire ambiante.

Sans paraître troublée le moins du monde, Mrs C. s'approcha, m'offrit un fauteuil et s'assit en face de moi : je sentis que chacun de ses mouvements était étudié, et pourtant elle marqua une pause manifestement involontaire, une pause précédant le moment difficile de la décision à prendre, une pause qui n'en finissait pas et que je n'osais pas rompre moi-même parce que je sentais qu'en cet instant une volonté forte luttait énergiquement contre une résistance tout aussi forte. Du salon au-dessous montaient parfois les accents étouffés, virevoltants et décousus d'une valse, et j'y prêtais une oreille exagérément attentive comme pour ôter à ce silence un peu de son oppression. Elle aussi semblait trouver pénible cette tension si peu naturelle car brusquement elle se ramassa comme pour s'élancer et elle commença :

« Il n'y a que la première parole qui coûte. Depuis deux jours, je me prépare à être claire et véridique : et j'espère y réussir. Peut-être ne comprenez-vous pas encore pourquoi je vous raconte tout cela, à vous qui m'êtes étranger, mais il ne se passe pas une journée, pas une heure sans que je ne pense à cet événement précis, et vous pouvez me croire, moi la femme âgée qui vous parle, si je vous dis qu'il est insupportable de garder le regard fixé toute sa vie durant sur un seul point de son existence, sur un seul jour. Car tout ce que vais vous raconter ne couvre qu'un laps de temps de vingt-quatre heures sur soixante-sept années, et je me suis parfois répété jusqu'à en perdre la raison : en quoi est-ce si important d'avoir vécu un seul moment de folie ? Mais on ne peut pas se débarrasser de ce que nous appelons conscience, appellation bien hypothétique, et quand je vous ai entendu parler de manière aussi objective du cas d'Henriette, je me suis dit que cette absurde obstination à me tourner vers le passé et à m'accuser sans cesse prendrait peut-être fin dès lors que je me déciderais à relater librement à quelqu'un ce fameux jour de ma vie. Si je ne pratiquais pas la religion anglicane mais catholique, le confessionnal m'aurait depuis belle lurette donné l'occasion de me libérer de ce secret par la parole – mais ce genre de consolation nous est refusé et c'est pourquoi aujourd'hui je fais cette curieuse tentative de m'absoudre moi-même en me confessant à vous. Je sais que tout cela est très singulier, mais vous avez accepté ma proposition sans hésiter et je vous en suis très reconnaissante.

« Donc, comme je le disais, je voudrais vous parler d'un seul jour de ma vie – le reste me semble insignifiant et ennuyeux pour tout autre que moi. Ce qui s'est passé jusqu'à ma quarante-deuxième année suit le plus ordinaire des parcours. Mes parents étaient de riches *Landlords* en Écosse, nous possédions de grandes usines et de grandes fermes et à la manière des nobles du pays nous vivions la plus grande partie de l'année sur nos terres et passions la *Season* à Londres.

À dix-huit ans, je fis connaissance de mon mari lors d'une réunion chez des amis, c'était le second fils de la notoire famille des R. et il avait servi dans l'armée des Indes pendant dix ans. Nous nous mariâmes sans tarder et nous menâmes la vie insouciante de notre classe sociale, trois mois à Londres, trois mois sur nos terres et le reste du temps en Italie, en Espagne et en France où nous allions d'hôtel en hôtel. Jamais aucune ombre ne vint ternir notre union, et les deux fils qui nous sont nés sont aujourd'hui des hommes mûrs. Lorsque j'eus quarante ans, mon mari mourut inopinément. De ses années passées sous les tropiques, il avait ramené une maladie du foie : je le perdis en l'espace de deux atroces semaines. Mon fils aîné avait déjà entamé sa carrière et le plus jeune était au collège – du jour au lendemain, je me retrouvais donc dans un vide absolu et pour moi, qui étais habituée à vivre entourée de tendresse, cette solitude était une véritable torture. Il me parut impossible de rester ne serait-ce qu'un jour de plus dans cette maison délaissée où chaque objet me rappelait la perte tragique de mon cher époux : je résolus donc de passer les années à venir en voyageant beaucoup, tant que mes fils ne seraient pas mariés.

« Au fond, à compter de ce moment-là, je considérai que ma vie n'avait plus aucun sens ni aucune utilité. L'homme avec qui j'avais partagé durant vingt-trois ans chaque heure et chaque pensée était mort, mes enfants n'avaient pas besoin de moi, et je craignais que mes idées noires et ma mélancolie n'assombrissent leur jeunesse – et je ne voulais ni ne désirais plus rien pour moi-même. J'allai tout d'abord m'installer à Paris, où je tuais l'ennui en visitant boutiques et musées ; mais tout autour de moi la ville et ses objets me demeuraient étrangers ; quant aux gens, je les évitais parce que je ne supportais pas les regards poliment affligés qu'ils jetaient sur mes vêtements de deuil. Je serais incapable de raconter comment se sont déroulés les longs mois de cette vie de bohème terne et privée d'horizon : je sais seulement que je souhaitais mourir mais que je n'avais pas la force de précipiter moi-même cette fin à laquelle j'aspirais dans ma profonde détresse.

« La deuxième année de mon veuvage, c'est-à-dire la quarante-deuxième année de ma vie, au cours de cette fuite inavouée devant une existence qui avait perdu tout intérêt pour moi et que je ne parvenais pas à meubler, je m'étais rendue à Monte-Carlo, à la fin du mois de mars. Pour être franche : je l'avais fait par ennui, pour échapper à ce vide intérieur qui me torturait, me donnait la nausée et réclamait de petits excitants extérieurs pour s'alimenter. Moins j'éprouvais de sentiments et de sensations, et plus j'avais envie de me précipiter là où le tourbillon de la vie semblait à son comble : pour ceux qui ne vivent plus rien, la passion et l'agitation des autres titillent tout au moins les nerfs comme le font la musique ou le théâtre.

« C'est la raison pour laquelle j'allais souvent au casino. Cela me stimulait de voir sur le visage d'autres gens le flux et le reflux du bonheur et du désarroi alors qu'en moi tout était marée basse. Sans compter que mon mari, sans être frivole, aimait fréquenter à l'occasion les salles de jeux, et c'est avec une sorte de piété spontanée que je restais fidèle à ses anciennes habitudes. Et c'est là que commencèrent ces fameuses vingt-quatre heures qui allaient être plus excitantes que toute forme de jeu et bouleverseraient mon destin pour bien des années.

« À midi, j'avais déjeuné avec la duchesse de M., une parente de ma famille, et, après le dîner, je ne me sentais pas encore assez lasse pour aller me coucher. J'entrai donc dans la salle de jeux sans intention d'y jouer moi-même mais pour flâner sans plus parmi les tables et y observer d'une manière spéciale les partenaires rassemblés là. Je dis "d'une manière spéciale" car c'était celle que m'avait apprise mon défunt époux un jour que, fatiguée de regarder, je me plaignais d'avoir à observer tout le temps les mêmes têtes : ces vieilles femmes ratatinées qui restent assises des heures durant avant de risquer un jeton, ou ces astucieux professionnels ou ces "cocottes" du jeu de cartes, bref toute cette société équivoque, venue de tous les azimuts, et qui, comme vous savez, est beaucoup moins pittoresque et romantique que dans les descriptions de ces misérables romans qui en font toujours *la fleur de l'élégance*[1] et l'aristocratie de l'Europe. Et n'oublions pas qu'il y a vingt ans, à l'époque où c'était encore de l'argent sonnant et trébuchant qui passait de main en main, de vrais billets qui crissaient entre les doigts, des napoléons d'or, de bonnes grosses pièces de cinq francs qui valsaient de gauche à droite, le casino était un lieu infiniment plus attrayant qu'aujourd'hui où un public embourgeoisé de voyageurs de l'agence Cook dilapide avec ennui ses jetons sans charme dans cette pompeuse forteresse du jeu rénovée au goût du jour. Et pourtant, à l'époque déjà, je trouvais bien peu d'attrait à cette monotonie de visages indifférents, jusqu'au jour où mon mari, qui avait une passion singulière pour la chiromancie, l'interprétation des lignes de la main, m'enseigna une manière toute particulière d'observer, en effet bien plus intéressante, bien plus passionnante et excitante que ma manie d'évoluer sans but entre les tables : il me conseilla de ne pas regarder les visages, mais uniquement le rectangle de la table et, là aussi, uniquement les mains des joueurs, et la façon dont elles se comportaient. Je ne sais pas s'il vous est arrivé à l'occasion de ne contempler que le tapis vert, rien que ce rectangle vert au centre duquel la boule titube d'un numéro à l'autre comme un homme ivre, et où, à l'intérieur des cases carrées bien délimitées, des bouts de papier tourbillonnent, des pièces rondes

---

1. En français dans le texte.

d'argent ou d'or tombent comme une semence que le râteau du croupier moissonne ensuite avec la précision de la faucille ou pousse comme une gerbe vers le gagnant. Dans une telle perspective d'observation, la seule chose qui varie ce sont les mains – cette multitude de mains claires, agitées ou en attente autour du tapis vert, des mains qui sortent du creux de manches toutes dissemblables, comme d'un antre, aux aguets comme des bêtes de proie, prêtes à bondir, chacune de forme et de couleur diverses, les unes dépouillées, les autres ornées de bagues ou de chaînes cliquetantes, les unes poilues comme des bêtes sauvages, les autres arquées et humides comme des anguilles, mais toutes tendues et vibrantes d'une immense impatience. Malgré moi, elles me rappelaient toujours l'atmosphère du champ de courses où l'on retient avec peine les chevaux excités sur la ligne de départ pour qu'ils ne s'élancent pas avant le signal : c'est exactement de la même manière que ces mains tremblent, se soulèvent et se cabrent. Elles trahissent tout, ces mains, par leur manière d'attendre, de saisir ou de se figer : on reconnaît l'avare à ses doigts crochus, le prodigue à sa main relâchée, le calculateur à son geste tranquille, le désespéré à son poignet tremblant ; des centaines de caractères différents se révèlent ainsi à la vitesse de l'éclair dans la manière de saisir l'argent : l'un le froisse ou l'éparpille nerveusement, tel autre, épuisé, le laisse à côté de son poing serré pendant que le plateau tourne.

L'homme se trahit dans le jeu, c'est une phrase galvaudée, je le sais ; mais moi j'ajouterai que sa main qui joue le trahira plus clairement encore. Car tous ceux, ou presque tous ceux qui pratiquent les jeux de hasard ont appris tôt ou tard à contrôler l'expression de leur visage – là-haut, par-dessus le col de la chemise, ils affichent le masque froid de l'*impassibilité** – ils répriment les plis qui veulent se former autour de la bouche et relèguent leurs émotions entre leurs dents serrées, ils dénient à leurs propres yeux le droit de manifester leur inquiétude et lissent les muscles de leur face jusqu'à ne laisser transparaître qu'une indifférence artificielle, noblement stylisée. Mais c'est justement parce que toute leur attention se concentre convulsivement sur la dissimulation des sentiments trop visibles sur le visage, qu'ils oublient leurs mains et qu'ils oublient qu'il y a des gens qui n'observent que ces mains et y devinent tout ce que là-haut le sourire au coin des lèvres ou les regards feignant l'indifférence s'efforcent de camoufler. Mais pendant ce temps, la main révèle sans vergogne ce qu'ils ont de plus secret. Car un moment vient inéluctablement qui d'un seul coup sort de leur belle indolence tous ces doigts apparemment endormis : la seconde décisive où la boule de la roulette tombe dans son alvéole et où l'on crie le numéro gagnant, à cette seconde précise, chacune de ces cent ou cinq cents mains fera involontairement un mouvement tout à fait singulier, tout à fait individuel, commandé par un instinct qui remonte à la nuit des temps. Et pour quiconque habitué à observer cette arène des mains, comme moi, initiée de longue date grâce à la marotte de mon époux, l'irruption toujours autre, toujours imprévue de ces tempéraments toujours dissemblables est bien plus passionnante que le théâtre ou la musique ; je serais incapable de vous décrire les milliers d'attitudes que peuvent prendre les mains en jouant : des bêtes sauvages aux doigts velus et crochus, qui agrippent l'argent comme une araignée, des mains nerveuses, frémissantes, aux ongles pâles qui osent à peine le toucher, des mains nobles ou des mains viles, brutales ou timides, rusées ou balbutiantes – chacune d'elles a sa manière d'être particulière, car chacune de ces paires de mains exprime une vie différente, à l'exception de celles des quatre ou cinq croupiers. Celles-ci sont des machines, et elles fonctionnent avec une précision objective, professionnelle, non impliquée, contrairement aux mains vivantes et exaltées qui les entourent, elles ressemblent plutôt aux clapets d'acier d'un compteur automatique. Et pourtant même ces mains indifférentes produisent à leur tour un effet étonnant par contraste avec leurs sœurs passionnées et toujours en chasse : j'ai envie de dire qu'elles portent un autre uniforme, comme des policiers dans la houle et l'exaltation d'une émeute populaire. À cela vient s'ajouter le plaisir particulier d'être familiarisé au bout d'un certain temps avec les multiples passions et habitudes de toutes ces mains diverses ; après quelques jours, je m'étais fait des connaissances parmi elles et je les classais, comme pour les gens, en mains sympathiques et en mains antipathiques : d'aucunes me déplaisaient à ce point par leur grossièreté et leur cupidité que j'en détournais toujours mes regards comme d'une chose indécente. Mais chaque main nouvelle que je découvrais à la table était pour moi un événement et éveillait ma curiosité : et j'en oubliais souvent de regarder le visage correspondant qui était planté là-haut, immobile et enserré dans un col, ressemblant à un masque froidement mondain par-dessus la chemise d'un smoking ou d'une gorge étincelante.

« Entrant donc ce soir-là au casino et comme, après être passée devant deux tables plus qu'encombrées et me dirigeant vers la troisième, je préparais déjà quelques pièces d'or, je fus surprise d'entendre en cet instant de pause tendue, sans paroles, où le silence semble toujours vibrer dès que la boule à bout de souffle ne tangue plus qu'entre deux numéros, j'entendis donc un bruit tout à fait singulier, juste en face de moi, comme celui d'articulations qui craquent et claquent en se brisant. Involontairement, je lançai un regard étonné de l'autre côté du tapis. Et j'y vis – véritablement effrayée ! – deux mains comme je n'en avais encore jamais vu, une main droite et une main gauche qui étaient aux prises entre elles comme deux bêtes acharnées, qui se cabraient puis s'agrippaient convulsivement avec une telle frénésie que les phalanges malmenées émettaient le bruit sec d'une noix que l'on casse. C'étaient des mains d'une beauté exceptionnelle, d'une longueur et d'une finesse inhabituelles mais sous la peau desquelles transparaissaient des muscles bandés ; elles étaient très blanches et le bout des ongles était pâle, nacré et délicatement arrondi. Je les contemplai toute la soirée, comme pour les interroger, ces mains qui sortaient de l'ordinaire, ces mains carrément uniques... mais ce qui d'emblée m'avait effarée et atterrée, c'était la passion délirante, la fièvre convulsive avec laquelle elles s'étreignaient et s'affrontaient. Je le sus immédiatement : c'était toute la force d'un homme débordant de passion qui se concentrait là au bout de ses doigts, pour empêcher qu'elle ne le fasse exploser lui-même. Et maintenant... à la seconde même où la boule tombait dans la cuvette avec son bruit sec et mat et où le croupier criait le numéro... à cette seconde précise les deux mains s'affalèrent soudain chacune de leur côté, comme deux bêtes frappées à mort par une seule balle. Elles retombèrent toutes les deux, non seulement épuisées, mais véritablement mortes, comme foudroyées ou à bout de course, et elles le firent avec une expression si accusée d'abattement et de déception que je suis incapable de trouver les mots pour les décrire. Car, de même que je n'en ai plus jamais vu depuis lors, jamais auparavant je n'avais vu des mains à ce point éloquentes, dont chaque muscle était une bouche et dont tous les pores distillaient la passion de façon presque tangible. Depuis un moment elles gisaient là toutes les deux sur le tapis vert, comme des méduses échouées sur le rivage, aplaties et mortes. Puis l'une d'elles, la droite, s'efforça de se redresser en s'appuyant sur le bout des doigts, elle frémit, se retira, se replia complètement, hésita, puis décrivit un arc de cercle et saisit précipitamment un jeton qu'elle fit tourner, indécise, comme une petite roue entre le pouce et l'index. Et soudain elle s'arc-bouta comme une panthère qui fait le gros dos avant de décocher ou plutôt de cracher le jeton de cent francs au centre du carreau noir. À l'instant même, la main gauche encore inerte se mit à s'agiter, comme obéissant à un signal : elle se ranima, glissa, rampa même jusqu'à sa sœur qui tremblait comme épuisée par son geste ; maintenant elles étaient là toutes les deux, frémissantes, l'une près de l'autre, tapotant discrètement la table de leurs jointures, pareilles à des dents qui claquent légèrement l'une contre l'autre dans le frisson de la fièvre – non, jamais, au grand jamais, je n'avais vu des mains dotées d'une expression aussi extraordinairement parlante, une forme aussi spasmodique d'émotion et de tension. Sous la voûte de la grande salle, tout le reste, le bourdonnement dans les pièces voisines, les croupiers qui criaient comme au marché, le va-et-vient des gens et celui de la boule elle-même qui, projetée de haut, atterrissait comme une petite possédée dans sa cage ronde bien lustrée – toute cette kyrielle d'impressions qui pullulaient et fourmillaient et vous couraient sur les nerfs, tout cela me parut soudain figé et mort en comparaison de ces deux mains qui tremblaient, qui respiraient, qui suffoquaient, qui attendaient, qui avaient froid et frissonnaient, de ces deux mains inouïes qui en quelque sorte envoûtaient mon regard.

« Mais finalement, je n'y tins plus : il fallait que je voie l'homme, le visage auquel appartenaient ces mains magiques, et avec une certaine angoisse – et même une angoisse certaine car ces mains me faisaient peur ! – mon regard remonta lentement le long des manches et des épaules étroites. Cette fois encore j'eus un sursaut d'effroi car cette figure parlait la même langue débridée, fantastiquement surexcitée, que les mains, elle en avait à la fois l'expression d'acharnement terrible et la beauté délicate et presque féminine. Jamais je n'avais vu un tel visage, un visage pour ainsi dire décollé de lui-même, arraché à soi au point d'en devenir autonome, et l'occasion m'était offerte de le contempler comme s'il s'agissait d'un masque, d'une sculpture sans regard : l'espace d'un instant cet œil possédé ne se tourna ni vers la droite ni vers la gauche, non, mais la pupille noire resta figée, semblable à une bille de verre morte sous les paupières écarquillées, exacte réplique de la boule d'acajou qui, livrée à sa folle pétulance, tanguait et roulait dans la cuvette ronde de la roulette.

Jamais, je tiens à le répéter, au grand jamais, je n'avais vu de visage à ce point crispé et fascinant. C'était celui d'un jeune homme d'environ vingt-quatre ans, un visage étroit, délicat, légèrement allongé, ce qui le rendait très expressif. Tout comme les mains, il n'était pas très viril mais semblait plutôt appartenir à un jeune garçon qui jouait avec passion – mais je ne remarquai tout cela que plus tard car pour l'instant ce visage disparaissait complètement derrière une expression frappante d'avidité et de fureur. La bouche mince, entrouverte et comme altérée, découvrait à moitié les dents : à une distance de dix pas on pouvait les voir s'entrechoquer fiévreusement entre les lèvres figées en un rictus. Une mèche de cheveux mouillés d'un blond lumineux était plaquée sur son front, tombée en avant comme un homme après une chute, et les ailes de son nez étaient secouées d'un tressaillement ininterrompu comme si d'invisibles vaguelettes ondulaient sous sa peau. Inconsciemment, sa tête déjà penchée vers la table s'inclinait de plus en plus et elle donnait l'impression de se laisser emporter dans le tourbillon de la petite boule ; je comprenais mieux maintenant la crispation convulsive de ses mains : c'est grâce à cette pression exercée sur la table, à cette contraction que son corps précipité hors de son centre de gravité se tenait en équilibre. Jamais, au grand jamais – je ne puis m'empêcher de le répéter –, je n'avais vu un visage où la passion explosait avec une telle franchise, une telle bestialité et une nudité à ce point impudique, et je ne cessais de le fixer, ce visage... aussi fascinée, aussi envoûtée par sa démence que l'étaient ses regards par la boule qui sautait et tressautait. À partir de cette seconde, je ne remarquai plus rien dans la salle, désormais tout m'y paraissait terne, éteint et estompé, sombre en comparaison du feu qui jaillissait de cette face, et, sans plus prêter attention à quiconque alentour, j'observai pendant une heure ce seul être et le moindre de ses gestes : je vis un éclat de lumière jaillir dans ses yeux, la pelote de ses doigts convulsés se dénouer d'un coup comme sous l'effet d'une implosion et les doigts encore tremblants s'écarter en éventail au moment où le croupier offrait vingt pièces d'or à leur cupide mainmise. En cette seconde, le visage brusquement s'illumina et parut rajeuni, les plis s'effacèrent instantanément, les yeux se mirent à briller, le corps tendu vers l'avant se redressa, rasséréné et léger – il était maintenant aussi décontracté qu'un cavalier sur sa monture, porté par le sentiment du triomphe, ses doigts futiles taquinaient les pièces rondes de chiquenaudes, les faisaient amoureusement danser, sonner et trébucher. Puis repris par l'inquiétude, il détourna la tête, parcourut du regard le tapis vert, à l'affût comme un jeune chien de chasse dont les narines flairent la bonne piste, et brusquement il déversa d'un geste sec toute la poignée de pièces d'or sur un des rectangles. Puis ce fut le même œil au guet, la même tension qu'auparavant. Les mêmes décharges électriques partaient des lèvres et se propageaient comme une houle sur toute la face, les mains de nouveau se crispaient, les traits jeunes reprenaient une expression d'impatiente convoitise, jusqu'à ce que d'un coup cet état convulsif se relâche pour faire place à la déception : le visage, qui un instant plus tôt affichait encore l'émotion de la jeunesse, se fripa, blêmit et vieillit, le regard s'éteignit, et tout cela en l'espace d'une seconde, celui où la boule s'était arrêtée sur un numéro qu'il n'avait pas choisi. Il avait perdu : pendant quelques instants il resta là à regarder le plateau d'un air hébété, comme s'il ne comprenait pas, mais à peine le croupier avait-il lancé son nouvel appel que ses doigts comme stimulés par un coup de fouet agrippaient de nouveau quelques pièces d'or. Pourtant il avait perdu toute assurance : il plaça les pièces sur un rectangle, puis, se ravisant, sur un autre et tandis que la boule avait déjà entamé sa rotation, pris d'une impulsion soudaine, il jeta encore rapidement d'une main tremblante deux billets de banque froissés dans le rectangle.

« Cette brusque alternance de perte et de gain se poursuivit sans discontinuer pendant une bonne heure, et durant cette heure je fus incapable, même le temps d'un soupir, de détacher mon regard fasciné de ce visage sans cesse métamorphosé, balayé par le flux et le reflux de toutes les passions ; je ne pouvais les quitter des yeux, ces mains magiques dont chaque muscle déclinait plastiquement et par à-coups toute la gamme montante et descendante des sentiments. Jamais au théâtre je n'ai fixé aussi intensément le visage d'un acteur comme je le fis pour ce faciès-là, constamment traversé de couleurs et de sensations qui changeaient et se succédaient par saccades, comme la lumière et l'ombre se relayant sur un paysage. Jamais mon être tout entier ne fut plus impliqué dans un jeu que je ne le fus dans le reflet de cette passion étrangère. Si quelqu'un m'avait observée en cet instant, il aurait sans doute pris la fixité de mon regard d'acier tout comme mon état général d'hébétude pour de l'hypnose – j'étais tout simplement incapable de quitter cette mimique des yeux, et tout autour les lumières, les rires, les regards, les êtres qui animaient la salle m'enveloppaient comme un informe magma, un écran de fumée jaune que trouait ce visage, flamme d'entre les flammes. Je n'entendais rien, je ne sentais rien, je ne percevais pas les gens qui se pressaient autour de moi, ne remarquais pas les autres mains qui s'étiraient brusquement comme des antennes pour jeter de l'argent ou en engranger ; je ne voyais pas la boule ni n'entendais la voix du croupier, et pourtant je percevais tout ce qui se passait, comme en rêve, dans le miroir concave de ces mains qui reflétait toute cette agitation amplifiée par la passion et la démesure. Car pour savoir si la boule tombait sur le rouge ou sur le noir, roulait ou s'arrêtait, je n'avais pas besoin de regarder la roulette : chaque phase, perte ou gain, espoir ou déception, imprimait sa trace de feu dans les nerfs et les traits de ce visage submergé par la passion.

« Vint alors un moment effroyable – un moment que j'avais d'ailleurs redouté confusément pendant tout ce temps, que mes nerfs tendus pressentaient comme un orage et qui soudain les foudroya. La boule était retombée dans l'alvéole avec son petit bruit de claquet ; survint alors la seconde où deux cents lèvres retinrent leur souffle jusqu'à ce que la voix du croupier annonce cette fois : zéro, tandis que déjà son râteau s'empressait de ramasser de tous côtés les pièces qui tintaient et les billets qui crissaient. En cet instant précis, les deux mains crispées firent un geste particulièrement effrayant, elles bondirent comme pour attraper quelque chose qui n'était pas là et retombèrent sur la table, bredouilles et comme terrassées par la pesanteur qui avait reflué en elles. Puis elles semblèrent soudain revenir à la vie, s'écartèrent fiévreusement du tapis et se mirent à courir sur le corps du jeune homme, y grimpant à tâtons comme des chats sauvages sur un tronc, fouillant en haut, en bas, à droite, à gauche, inspectant nerveusement toutes les poches pour y dénicher une pièce d'or qui d'aventure s'y serait éclipsée. Mais les mains revenaient vides de cette quête inutile et absurde qu'elles poursuivaient pourtant avec une fièvre croissante, tandis que le plateau de la roulette s'était remis à tourner, que le jeu des autres avait repris, que les pièces tintaient, que les sièges remuaient et que les mille petits bruits remplissaient la salle de leur rumeur. Je tremblais, secouée d'horreur : je ressentais toutes ces émotions comme s'il s'était agi de mes propres doigts qui fouillaient là désespérément les poches et les replis du vêtement froissé, à la recherche d'une dernière pièce de monnaie. Et soudain, d'un mouvement brusque, l'homme se redressa devant moi – exactement comme quelqu'un qui se lève d'un bond parce qu'il est pris d'un malaise subit et craint d'étouffer ; derrière lui la chaise se renversa avec fracas. Mais sans même le remarquer, sans prêter attention à ses voisins qui, surpris et inquiets, s'écartaient pour faire place à cet homme chancelant, il s'éloigna de la table d'un pas lourd.

« Je restai sans bouger, comme pétrifiée par ce spectacle. Car je compris aussitôt où cet homme allait : à la mort. Quelqu'un qui se levait de cette manière n'allait pas à l'hôtel ou au café, rejoindre une femme ou prendre un train, il ne regagnait pas un quelconque espace vital mais se précipitait dans l'abîme. Même le plus abruti des hôtes de cette salle infernale aurait forcément compris qu'un tel homme n'avait plus aucun appui ni chez lui, ni à la banque, ni dans la famille, que c'est son dernier argent et sa propre vie qu'il venait de mettre en jeu et que s'il s'en allait maintenant de ce pas trébuchant, c'était incontestablement pour sortir de cette existence. J'avais toujours redouté, senti d'emblée comme par magie que quelque chose de supérieur au gain et à la perte était ici en jeu et pourtant un éclair noir me déchira intérieurement quand je vis que la vie quittait les yeux de cet homme et que la mort venait recouvrir de son teint livide ce visage qui il y a un instant à peine exprimait encore la passion. Involontairement – tant j'étais pénétrée de sa plastique gestuelle –, à l'instant où cet homme titubant quittait sa place à grand-peine, je dus moi-même me cramponner à la table car son manque d'assurance se communiquait à tout mon corps de la même manière que son excitation avait gagné mes nerfs et mon pouls quelques minutes auparavant. Puis quelque chose *m'entraîna* puissamment, et je ne pus m'empêcher de le suivre : sans que je le veuille, mon pied se mit en branle. Et tout cela se fit inconsciemment, ce n'est pas moi qui agissais mais quelque chose en moi fit que, sans plus prêter attention à personne et sans me percevoir moi-même, je me retrouvai dans le couloir en direction de la sortie.

« Il était au vestiaire et le préposé lui tendait son manteau. Mais ses bras ne lui obéissaient plus, aussi l'employé prévenant l'aida-t-il à passer péniblement les manches comme on le fait pour un infirme. Je le vis porter machinalement la main à la poche de son gilet pour y trouver un pourboire, puis ses doigts en ressortir vides. Alors il parut soudain se souvenir de tout, balbutia quelques mots embarrassés à l'adresse de l'employé et comme précédemment se força d'un mouvement sec à avancer, puis il descendit les marches du casino comme un ivrogne qui trébuche à chaque pas. L'employé le suivit encore quelque temps du regard avec un sourire d'abord dédaigneux et bientôt compatissant. »

Mrs C. interrompit un instant son histoire. Pendant tout ce temps, elle était restée assise sans bouger en face de moi et m'avait parlé presque sans s'arrêter. Elle l'avait fait avec ce calme et cette clarté qui lui étaient propres et comme ne peut le faire qu'une personne qui s'est préparée intérieurement et a pris soin d'ordonner les événements dans son esprit. C'était la première pause qu'elle s'autorisait ; elle hésita un instant puis abandonna brusquement son récit et s'adressa directement à moi :

« Je vous ai promis ainsi qu'à moi-même, commença-t-elle sur un ton quelque peu inquiet, de raconter tout ce qui s'est effectivement passé avec une sincérité absolue. Mais je me vois contrainte à mon tour d'exiger que vous accordiez pleinement foi à la véracité de mes dires et que vous ne prêtiez pas à mes agissements des motifs cachés, dont je ne rougirais peut-être plus aujourd'hui mais qui, dans cette circonstance-là, ne seraient néanmoins que suppositions infondées. Il faut donc que vous sachiez, et j'insiste, que, si je me suis précipitée dans la rue à la suite de ce joueur effondré, ce n'est pas parce que j'étais amoureuse du garçon – je ne pensais d'ailleurs pas à lui comme à un homme –, et je dois avouer que depuis la mort de mon époux la femme de quarante ans que j'étais n'avait plus jamais accordé un seul regard à quelque homme que ce fût. Pour moi, c'était une époque *définitivement* révolue : je vous le dis expressément et je dois le faire faute de quoi les événements ultérieurs ne pourraient être compris dans toute leur horreur. Cela dit, il me serait très difficile de qualifier au plus juste le sentiment qui m'entraîna aussi irrésistiblement à la suite de ce malheureux : une part de curiosité sans doute, mais surtout une peur effroyable, ou plus exactement la peur de quelque chose d'effroyable qui semblait flotter comme un voile invisible autour du jeune homme et que j'avais pressenti dès la première seconde. Mais il est impossible de scinder et de décomposer ce genre de sensations globales justement parce qu'elles fusionnent si rapidement et si spontanément sans qu'on puisse l'empêcher – il est probable que j'obéissais à l'envie la plus instinctive qui soit de porter secours, de la même manière que l'on retient de justesse un enfant qui va se précipiter sous les roues d'une automobile. Comment expliquer sinon que des gens qui ne savent pas nager se jettent d'un pont pour tenter de sauver quelqu'un qui se noie ? C'est une puissance magique qui les entraîne, une volonté qui les pousse à se jeter à l'eau avant même d'avoir le temps de réfléchir à la témérité insensée de leur entreprise ; et c'est exactement de cette manière, sans penser, sans m'être adonnée au préalable à une réflexion claire et consciente, que j'ai alors suivi le malheureux de la salle de jeux jusqu'à la sortie, et de la sortie jusque sur la terrasse.

« Et je suis certaine que ni vous ni aucune autre personne sensible ayant des yeux pour voir n'aurait pu réprimer sa curiosité et son angoisse au sinistre spectacle de ce jeune homme de tout au plus vingt-quatre ans qui titubait comme un soûlard et traînait aussi péniblement qu'un vieillard ses membres brisés et sans ressort de l'escalier à l'esplanade. Là il se laissa tomber lourdement sur un banc, comme un sac. Et ce mouvement me fit cette fois encore trembler d'effroi : car je compris que cet homme était fini. Seul un mort peut s'affaler de la sorte ou alors un homme que plus aucun muscle n'accroche à la vie. La tête penchée de travers était renversée sur le dossier, les bras informes pendaient inertes, et dans la semi-clarté vacillante des lanternes n'importe quel passant l'aurait forcément pris pour un fusillé. Et en effet – je serais incapable d'expliquer pourquoi cette vision surgit soudain en moi, mais en tout cas elle était bien là, presque tangible, dans son horrible et lugubre vérité – je le voyais, en cette seconde précise, comme un fusillé et j'avais l'atroce certitude qu'il avait un revolver dans la poche et qu'on le retrouverait le lendemain étendu sur ce banc ou sur un autre, sans vie et baignant dans son sang. Car la manière dont il s'était laissé aller rappelait la pierre qui tombe dans un gouffre et ne s'arrête pas avant d'avoir touché le fond : jamais je n'ai vu une expression de lassitude et de désespoir se manifester aussi physiquement dans le geste de tout un corps.

« Et maintenant imaginez ma situation : je me trouvais à vingt ou trente pas derrière ce banc, derrière cet homme effondré et inerte, ne sachant quoi faire, poussée d'une part par la volonté de le secourir, mais retenue de l'autre par la crainte d'adresser la parole à un inconnu dans la rue, par une sorte de timidité héritée de l'éducation et de la tradition. La lumière blafarde des becs de gaz vacillait sous un ciel lourd de nuages, quelques passants très rares se hâtaient car il était presque minuit, et j'étais pour ainsi dire seule dans le parc en compagnie de cet être aux allures suicidaires. Cinq fois, dix fois j'avais rassemblé mes forces et m'étais dirigée vers lui, mais la honte me retenait sans cesse, à moins que ce ne fût l'instinct qui nous met en garde dans de tels cas et nous rappelle que celui qui se jette dans l'abîme entraîne souvent son sauveur dans sa chute – et dans ce va-et-vient insensé, je finis par sentir moi-même tout le ridicule de la situation. Pourtant, je ne parvenais ni à parler, ni à partir, ni à l'abandonner, ni à agir. Et j'espère que vous me croirez si je vous dis qu'il se passa bien une heure, une heure interminable, au cours de laquelle les milliers de vaguelettes de la mer invisible grignotaient le temps, tandis que j'allais et venais, toujours indécise, sur l'esplanade, tant l'image de l'anéantissement total de cet homme me tenait captive et me bouleversait.

« Et pourtant je ne trouvais pas le courage de prononcer un mot ni de faire un geste, et j'aurais sans doute passé la moitié de la nuit à attendre là, à moins qu'obéissant à un sage mouvement d'égoïsme je ne sois quand même rentrée chez moi – et je crois d'ailleurs que j'étais finalement résolue à abandonner ce tas de misère à son triste sort –, si tout d'un coup un élément dépassant ma volonté n'était venu battre mon indécision en brèche. En effet, il se mit à pleuvoir. Toute la soirée, le vent avait rassemblé au-dessus de la mer les lourds nuages vaporeux du printemps, et les poumons et le cœur vous faisaient déjà sentir combien le ciel était bas, quand brusquement une grosse goutte de pluie frappa le sol, suivie aussitôt d'une abondante averse que le vent chassait par grosses nappes et qui s'abattait bruyamment sur le sol. Machinalement je courus m'abriter sous l'auvent d'un kiosque, et bien que j'aie ouvert mon parapluie, les rafales projetaient de lourdes masses d'eau sur ma robe. Et je sentais rejaillir jusqu'à mon visage et à mes mains les grains de pluie qui venaient de se fracasser sur le sol.

« Or – et c'était là un spectacle si terrible qu'aujourd'hui encore, après deux décennies, son seul souvenir m'étreint la gorge – au milieu de ce déluge torrentiel, l'oiseau de malheur restait là immobile sur son banc, rien en lui ne bougeait. L'eau ruisselait en glougloutant de toutes les gouttières, de la ville parvenait le grondement du charroi, à droite et à gauche des silhouettes engoncées dans leurs manteaux prenaient la fuite ; tout ce qui pouvait se réclamer de la vie se faisait tout petit, courait, fuyait, cherchait refuge, hommes et bêtes exposés aux éléments déchaînés paraissaient terrifiés – seule cette masse humaine informe et noire là-bas sur son banc ne remuait pas d'un pouce. Je vous ai déjà dit que cet homme possédait le don magique de traduire le moindre de ses sentiments dans la plastique de ses mouvements et de ses gestes ; mais rien, rien sur terre n'aurait pu exprimer ce désespoir, ce total abandon de soi, cette mort vivante, de manière aussi bouleversante que cette immobilité, cette façon de rester assis là, impassible et inerte sous la pluie battante, cette lassitude paralysante qui l'empêchait de faire les quelques pas pour trouver un abri, bref cette indifférence suprême à l'égard de sa propre existence. Aucun sculpteur, aucun poète, ni Michel-Ange ni Dante ne m'ont jamais confrontée de manière aussi directe et poignante à la dernière misère du monde que l'a fait cet être vivant qui s'abandonnait à l'élément déchaîné, trop indifférent, trop fatigué qu'il était déjà pour se protéger, ne serait-ce que d'un petit geste.

« Ce fut plus fort que moi, je me sentis littéralement entraînée. D'un bond je traversai le rideau cinglant de la pluie et me mis à secouer cette masse humaine dégoulinante pour l'arracher à son banc. "Venez !" Je saisis son bras. Une forme leva à grand-peine des yeux hagards. Lentement un mouvement sembla s'ébaucher en lui, mais il ne comprenait pas. "Venez donc !" fis-je une seconde fois, presque furieuse, en tirant sa manche trempée. Alors il se leva très lentement, comme à contrecœur et chancelant. "Que voulez-vous ?" demanda-t-il, mais je ne sus quoi répondre, car j'ignorais moi-même où je voulais l'emmener : seulement l'arracher au froid de ce déluge, à cette apathie insensée et suicidaire dictée par un désespoir extrême. Je ne lâchais pas son bras et entraînai plus loin cette créature amorphe, jusqu'au kiosque dont le petit auvent le protégerait au moins un peu des assauts furieux de l'élément liquide que le vent rabattait sauvagement. Je n'en savais pas plus, ne voulais pas en savoir plus. Rien qu'attirer cette créature au sec, à l'abri d'un toit : je n'avais encore pensé à rien d'autre.

« Et ainsi étions-nous là tous les deux, l'un à côté de l'autre, dans ce petit espace abrité, avec dans notre dos la paroi fermée de l'échoppe et au-dessus de nos têtes l'auvent trop étroit sous lequel la pluie insatiable pénétrait sournoisement par rafales, nous lançant à la figure ses lames froides et détrempant nos vêtements. La situation devint insupportable. Je ne pouvais rester plus longtemps à côté de cet inconnu tout ruisselant. Et d'autre part, après l'avoir attiré là, je ne pouvais pas le quitter tout bonnement sans un mot. Il fallait faire quelque chose ; je me forçai à remettre progressivement de l'ordre dans mes idées. Je me dis d'abord que le mieux serait de le ramener chez lui en voiture et ensuite de rentrer chez moi : le lendemain il saurait bien se débrouiller. Je demandai donc à cet étranger qui se tenait toujours immobile à mes côtés et regardait fixement dans la nuit déchaînée : "Où habitez-vous ?

« — Je n'ai pas d'appartement... je suis arrivé de Nice ce soir même... on ne peut pas aller chez moi."

« Je ne compris pas tout de suite la dernière phrase. Plus tard seulement me vint à l'idée que cet homme me prenait pour... pour une cocotte, pour une de ces femmes qui errent la nuit en grand nombre autour du casino dans l'espoir de soutirer encore quelque argent à d'heureux joueurs ou à des soûlards. Et, finalement, qu'aurait-il pu supposer d'autre, car en vous faisant ce récit je ressens moi-même tout ce que ma situation avait d'invraisemblable et même de fantastique – que pouvait-il penser d'autre de moi, car la manière dont je l'avais arraché à son banc et tout naturellement entraîné plus loin n'était vraiment pas celle d'une dame. Mais cette pensée ne me vint pas tout de suite. Ce n'est que plus tard, trop tard, que je pris peu à peu conscience de son effroyable méprise sur ma personne. Sinon je n'aurais jamais prononcé les paroles suivantes qui ne faisaient que le conforter dans son erreur, en effet je lui dis : "Eh bien, dans ce cas, on prendra une chambre dans un hôtel. Vous ne pouvez pas rester ici. Il faut vous mettre à l'abri quelque part."

« Et aussitôt je me rendis compte de l'horrible malentendu car il ne se tourna pas vers moi mais au contraire déclina la proposition d'un ton carrément railleur : "Non, je n'ai pas besoin d'une chambre, je n'ai plus besoin de rien du tout. Ne te donne pas cette peine, tu ne retireras rien de moi. Tu t'es adressée à la mauvaise personne, je n'ai pas d'argent."

« Ces paroles étaient d'autant plus effroyables qu'il les avait prononcées avec une stupéfiante indifférence ; la vue de cet être amorphe, affalé contre la paroi de l'échoppe, trempé, dégoulinant et épuisé de l'intérieur, me bouleversa tellement que je n'eus même pas le temps de me sentir vexée, ce qui eût d'ailleurs été stupide de ma part. Je ne ressentais que ce que j'avais ressenti de prime abord quand je l'avais vu quitter la salle en titubant, et ce que j'avais ressenti sans discontinuer tout au long de cette heure invraisemblable : que l'homme jeune, vivant, qui respirait là devant moi était au bord de la mort et qu'*il fallait* que je le sauve. Je me rapprochai.

« "Ne vous inquiétez pas pour l'argent et venez ! Vous ne pouvez pas rester ici, je trouverai bien où vous loger. Ne vous souciez de rien, vous n'avez qu'à venir !"

« Il tourna la tête et, tandis que la pluie frappait ses coups sourds autour de nous et que les gouttières déversaient leurs trombes d'eau à nos pieds, je remarquai que pour la première fois il s'efforçait de distinguer mon visage dans l'obscurité. Son corps lui aussi semblait se réveiller lentement de sa léthargie.

« Il finit par céder : "Eh bien comme tu voudras. Tout m'est égal… Finalement pourquoi pas ? Allons-y." J'ouvris mon parapluie, il vint à côté de moi et me prit par le bras. Cette familiarité soudaine me fut désagréable, bien plus elle m'effraya, et j'en ressentis de la peur jusqu'au tréfonds de moi-même. Mais je n'avais pas le courage de lui interdire quoi que ce soit ; car si je le repoussais, tous mes efforts entrepris jusque-là auraient été vains. Nous parcourûmes les quelques pas qui nous séparaient du casino et je me rendis compte, alors seulement, que je ne savais absolument pas quoi faire de lui. Je conclus rapidement que le mieux serait de le conduire à l'hôtel, de lui glisser là-bas un peu d'argent dans la main pour lui permettre d'y passer la nuit et de rentrer chez lui le lendemain ; et mes réflexions s'arrêtèrent là. Je vis des fiacres passer à la hâte devant le casino, je hélai l'un d'eux et nous y montâmes. Quand le cocher me demanda où il devait nous conduire, je ne sus d'abord quoi lui répondre. Mais me rappelant soudain qu'aucun des grands hôtels de la ville n'accueillerait cet homme complètement trempé et ruisselant qui était assis à mes côtés et, par ailleurs, comme la femme vraiment inexpérimentée que j'étais ne pensait absolument pas que ses paroles pussent être équivoques, je criai simplement au cocher : "Dans un petit hôtel, n'importe lequel."

« Le cocher, impassible et dégoulinant de pluie, fit partir les chevaux. L'inconnu assis à mes côtés ne disait mot, les roues progressaient à grand bruit et la pluie battait violemment contre les vitres : assise là dans ce petit espace sombre, sans éclairage, qui ressemblait à un cercueil, j'avais l'impression d'accompagner un cadavre. J'essayais de réfléchir, de trouver un mot qui pût atténuer la singularité et l'horreur de cette promiscuité silencieuse, mais rien ne me vint à l'esprit. Après quelques minutes, la voiture s'arrêta, je descendis la première et payai le cocher tandis que l'inconnu, qu'on aurait dit somnolent, refermait la portière. Nous étions maintenant devant la porte d'un modeste hôtel que je ne connaissais pas, au-dessus de nous la voûte d'une petite marquise de verre nous protégeait de la pluie dont la chute désespérément monotone effilochait la nuit impénétrable.

« L'étranger, cédant à la pesanteur, s'était malgré lui affalé contre le mur, son chapeau trempé et ses vêtements froissés ruisselaient de pluie. Il se tenait là comme un noyé que l'on vient de repêcher et qui n'a pas encore tous ses esprits, et tout autour de lui l'eau en s'égouttant avait formé un petit ruisseau. Mais il ne faisait pas le moindre effort pour secouer son chapeau qui dégoulinait sur son front et son visage. Il restait là complètement impassible et je ne saurais vous dire combien cet état d'effondrement me mettait mal à l'aise.

« Mais maintenant il fallait agir. Je fouillai dans mon sac : "Voici cent francs, lui dis-je, prenez une chambre et demain rentrez à Nice."

« Il me regarda, étonné.

« "Je vous ai observé dans la salle de jeux, insistai-je en remarquant son hésitation. Je sais que vous avez tout perdu et je crains que vous ne soyez sur le point de commettre une bêtise. Il n'y a pas de honte à se faire aider… Allons, prenez cela !"

« Mais il repoussa ma main avec une énergie dont je ne l'aurais pas cru capable. "Tu es bien brave, dit-il, mais ne gaspille pas ton argent. Il n'y a plus rien à faire pour moi. Que je dorme ou pas cette nuit, cela n'a plus aucune importance. Demain tout sera fini, de toute façon. Il n'y a plus rien à faire pour moi.

« — Non, vous devez l'accepter, insisté-je encore, demain vous penserez différemment. Allez, maintenant montez et dormez sur tout cela. Le jour, les choses prennent un autre visage."

« Et tandis que j'insistais une fois encore pour qu'il accepte l'argent, il repoussa ma main presque violemment. "Laisse tomber, répéta-t-il d'une voix étouffée, cela ne sert à rien. Il vaut mieux que j'en finisse dehors plutôt que de salir la chambre de ces gens-là avec mon sang. Ce n'est pas avec cent francs ni même avec mille qu'on me sortira de là. J'irais encore les jouer demain au casino et je continuerais jusqu'à ce que tout soit englouti. À quoi bon recommencer, j'en ai assez."

« Vous ne pouvez imaginer à quel point cette voix éteinte me déchira l'âme ; mais représentez-vous la scène : à deux pas de vous se tient un homme jeune, lumineux, plein de vie et de santé, et vous savez que si vous n'y mettez pas tous vos efforts cette part de jeunesse qui pense, qui parle, qui respire ne sera plus qu'un cadavre dans deux heures. Alors je fus prise d'une sorte de colère, du désir furieux de triompher de cette absurde résistance. Je lui saisis le bras : "Assez de ces sottises ! Vous allez monter et vous prendre une chambre, et demain matin je viendrai vous chercher et je vous conduirai à la gare. Et vous partirez d'ici, demain vous devez rentrer chez vous, et je n'aurai de cesse que je ne vous aie vu moi-même muni de votre billet et monter dans le train. On ne jette pas sa vie comme cela quand on est jeune, rien que parce qu'on a perdu une centaine ou même un millier de francs. C'est de la lâcheté, une stupide crise de colère, vous êtes simplement exaspéré. Vous verrez que demain vous me donnerez raison !

« — Demain ! répéta-t-il d'un ton à la fois lugubre et ironique. Demain ! Si tu savais où je serai demain ! Si je le savais moi-même, et d'ailleurs je serais bien curieux de le savoir. Non, rentre chez toi, mon enfant, ne te donne pas cette peine et ne gaspille pas ton argent."

« Mais je refusais désormais de céder. J'étais comme possédée par une soudaine manie, et la rage m'envahissait. Je saisis violemment sa main et j'y mis le billet de force. "Vous allez prendre cet argent et monter immédiatement ! – et ce disant j'avançai d'un pas décidé vers la porte et tirai la sonnette. Voilà, maintenant j'ai sonné, le concierge sera là dans un instant, vous allez monter et vous coucher. Demain matin à neuf heures j'attendrai ici devant la maison pour vous conduire à la gare. Ne vous souciez plus de rien, je ferai le nécessaire pour que vous puissiez rentrer chez vous. Mais maintenant allez vous étendre, dormez tout votre soûl et ne pensez plus à rien."

« À ce moment, de l'intérieur, la clé grinça dans la porte et le concierge ouvrit.

« "Viens !" dit-il alors brusquement d'une voix dure, ferme et irritée, et je sentis une poigne de fer enserrer mon avant-bras. Je pris peur... Je fus tellement effrayée, tellement paralysée, comme frappée par la foudre, que je perdis la tête... Je voulais me défendre, me dégager... mais ma volonté elle aussi était frappée d'impuissance... et alors je... vous le comprendrez, vous... je... j'avais honte devant le concierge qui restait là debout à attendre, j'avais honte de me débattre de la sorte contre un inconnu. Et c'est alors... c'est alors que je me retrouvai subitement à l'intérieur de l'hôtel ; je voulais parler, dire quelque chose, mais aucun son ne sortait de ma gorge... sa main tenait toujours mon bras, forte et autoritaire... je sentis confusément qu'elle m'entraînait malgré moi dans l'escalier... une clé grinça dans une serrure... et brusquement je me retrouvai là seule avec cet étranger dans une chambre étrangère, dans un hôtel que je ne connaissais pas et dont j'ignore encore le nom aujourd'hui. »

Mrs C. fit une nouvelle pause et soudain se leva. Sa voix ne semblait plus lui obéir. Elle alla à la fenêtre, regarda au-dehors quelques minutes sans rien dire ou peut-être appuya-t-elle son front sur la vitre froide : je n'avais pas le courage de l'observer attentivement, cela m'était très pénible étant donné le degré d'émotion de la vieille dame en cet instant. Je restai donc silencieux, sans poser de questions, sans faire de bruit, et j'attendis jusqu'à ce qu'elle revienne d'un pas mesuré s'asseoir en face de moi.

« Voilà, maintenant, le plus difficile est dit. Et j'espère que vous me croirez si je vous assure encore une fois, si je vous jure sur tout ce que j'ai de plus sacré, sur mon honneur et sur la tête de mes enfants, que jusqu'à cet instant précis pas la moindre pensée d'une... d'une liaison avec cet inconnu ne m'était venue à l'esprit, que j'étais dans un état de torpeur, que je me trouvais précipitée malgré moi dans cette situation comme si une trappe s'était ouverte sous mes pieds au beau milieu de mon honnête existence. Je me suis jurée d'être véridique, envers vous comme envers moi, c'est pourquoi je vous répète ici que ce n'est pas un quelconque sentiment personnel mais uniquement la volonté pour ainsi dire électrisée de porter secours qui m'a fait basculer dans cette tragique aventure, sans que je le souhaite, sans que je m'y attende.

« Dispensez-moi de vous raconter ce qui s'est passé cette nuit-là, dans cette chambre-là ; chaque seconde en est restée gravée à jamais dans ma mémoire. Cette nuit-là j'ai lutté avec un être humain pour sa vie, oui, je le répète : il s'agissait ni plus ni moins d'une question de vie ou de mort. La plus petite parcelle de mon être sentait avec une certitude absolue que cet inconnu, cet être en perdition, se raccrochait à sa dernière planche de salut, avec toute l'ardeur et la passion d'un homme en danger de mort. Il s'agrippait à moi comme un être qui a déjà un pied dans l'abîme. Et moi, je rassemblais tout ce que je pouvais trouver au fond de moi pour le sauver, en recourant à tout ce qui m'était donné pour le faire. On ne vit sans doute de tels moments qu'une seule fois dans sa vie, et cela n'arrive sans doute aussi qu'à une personne sur des millions – moi non plus, je ne me serais jamais doutée, sans ce terrible hasard, avec quelle véhémence, quel désespoir, quelle avidité et quelle voracité un homme qui a renoncé à tout, un homme perdu, aspire encore les dernières gouttes pourpres de la vie ; durant ces vingt années passées à l'écart des puissances démoniques de l'existence, je n'aurais jamais pu comprendre combien la nature peut concentrer en quelques souffles ultimes tout ce qu'il y a en elle de chaleur et de froid, de mort et de vie, de ravissement et de désespoir, et le faire de manière aussi grandiose et fantastique. Et cette nuit fut à ce point saturée de combats et d'échanges, de passion, de colère et de haine, de larmes de supplication et d'ivresse, qu'elle me sembla durer une éternité et que nous, ces deux êtres qui dévalaient enlacés les pentes de son abîme, l'un animé de la rage de mourir, l'autre sans s'en douter, sortîmes transformés de ce tumulte mortifère, différents, complètement métamorphosés, avec un autre esprit et d'autres sentiments.

« Mais je préfère ne pas en parler. Je serais incapable de décrire tout cela, et je n'y tiens pas. Je souhaite simplement vous dire un mot de cet instant inouï que fut mon réveil le lendemain matin. Je m'éveillai d'un sommeil de plomb, d'une nuit d'une profondeur telle que je n'en ai jamais vécu. Il me fallut longtemps pour ouvrir les yeux, et la première chose que je vis fut un plafond inconnu au-dessus de moi et tout autour je découvris une chambre totalement étrangère, une chambre affreuse dont j'ignorais comment j'avais pu m'y retrouver. Tout d'abord, je tâchai de me convaincre que j'étais encore en train de rêver, de faire un rêve clair et transparent au sortir de ce sommeil nébuleux et confus – mais la lumière crue du soleil matinal qui brillait aux fenêtres était d'une indéniable réalité, et de la rue montaient les bruits habituels des voitures, des sonnettes de tramways et des voix humaines – je sus donc que je ne rêvais plus et que j'étais bien réveillée. Malgré moi je me redressai pour reprendre mes esprits et là... quand je lançai un regard de côté... je vis – je ne pourrai jamais vous dépeindre ma terreur –, je vis un étranger qui dormait auprès de moi dans le grand lit... un inconnu à moitié nu qui m'était tellement étranger, étranger, étranger... Je le sais, ce genre d'épouvante est tout bonnement indescriptible : elle m'assaillit si brutalement que je retombai inanimée sur le matelas. Mais cette brève inconscience n'était pas de celles qui vous font tout oublier, bien au contraire : à la vitesse de l'éclair, tout me revint à l'esprit mais cela n'en restait pas moins inexplicable, et je ne souhaitais qu'une chose, mourir de dégoût et de honte, de m'être retrouvée soudain aux côtés d'un parfait étranger dans le lit étranger d'un hôtel borgne et des plus suspects. Je me souviens encore parfaitement que mon cœur cessa de battre, que je retins mon souffle comme si cela allait m'aider à mettre un terme à ma vie et surtout à occulter ma conscience, cette conscience trop claire, cruellement claire, qui percevait tout et pourtant ne comprenait rien.

« Je ne saurai jamais combien de temps je suis restée étendue là, les membres frigorifiés : aussi rigide sans doute qu'un mort dans son cercueil. Je sais seulement que j'avais fermé les yeux et que je priais Dieu ou n'importe quelle puissance du ciel pour que tout cela ne fût pas vrai, ne fût pas réel. Mais mes sens aiguisés ne me permirent pas de m'illusionner plus longtemps, j'entendis des gens parler dans la chambre voisine, de l'eau couler et des pieds se traîner dans le couloir, et chacun de ces signes m'apportait la preuve inexorable et cruelle que mes sens étaient bel et bien en éveil.

« Je serais incapable de vous dire combien de temps je restai dans cet affreux état : en de tels instants, le temps se mesure autrement que dans la vie ordinaire. Mais je fus soudain saisie d'une autre crainte : la crainte effroyable et lancinante que cet homme dont j'ignorais le nom puisse se réveiller à ce moment-là et m'adresse la parole. Je sus aussitôt ce qu'il me restait à faire : m'habiller et fuir avant qu'il n'ouvre les yeux. Ne plus être vue par lui, ne plus lui parler. Me sauver à temps de cette situation, partir, m'en aller, réintégrer une vie à moi quelle qu'elle soit, regagner mon hôtel et prendre le premier train pour m'éloigner de cet endroit maudit, de ce pays, pour ne plus jamais rencontrer cet homme, ne plus avoir à croiser son regard, fuir loin des témoins, des accusateurs ou des complices. Cette pensée triompha de ma torpeur : prudemment, avec les gestes furtifs d'un voleur, je me glissai hors du lit centimètre par centimètre (pour ne pas faire le moindre bruit) et saisis mes vêtements à tâtons. Je m'habillai avec la plus grande précaution, toute tremblante, redoutant qu'il ne se réveille d'une seconde à l'autre, et enfin je fus prête, j'avais réussi. Il ne manquait plus que mon chapeau qui se trouvait de l'autre côté au pied du lit, je m'approchai sur la pointe des pieds et au moment où je m'apprêtais à le ramasser – à cette seconde précise, *ce fut plus fort que moi* : je jetai un dernier regard sur le visage de cet inconnu qui était tombé dans ma vie comme une pierre d'une corniche. Rien qu'un dernier regard mais... et ce fut tellement inattendu, ce jeune homme étranger qui somnolait là sous mes yeux m'était *réellement* étranger, car au premier coup d'œil je ne reconnus en rien le visage de la veille : les traits tendus, distordus, exacerbés par la passion de cet homme enragé jusqu'à en mourir étaient comme effacés – cet être-ci avait un autre visage, un visage d'enfant, de jeune garçon qui *rayonnait* littéralement de pureté et de sérénité. Les lèvres hier crispées et convulsivement serrées sur les dents étaient délicatement entrouvertes, elles semblaient rêver et sur le point de sourire ; ses boucles blondes et vaporeuses recouvraient délicatement son front lisse, et sa respiration qui bombait paisiblement sa poitrine berçait tout son corps de ses ondes suaves.

« Vous vous rappelez sans doute ce que je vous ai raconté précédemment : que je n'avais jamais observé chez un homme une expression d'avidité et de passion aussi intense et aussi abominablement démesurée que chez cet étranger à la table de jeu. Et je vous dis maintenant que jamais je n'avais vu, même chez les nourrissons dont le sommeil semble parfois nimbé de paix, une telle expression de pure limpidité, de sommeil véritablement *bienheureux*. Car sur ce visage tous les sentiments se manifestaient avec une plasticité sans pareille, et maintenant c'était une détente paradisiaque qui ne pouvait résulter que de la délivrance d'un poids intérieur, d'une libération. À ce surprenant spectacle, le lourd manteau noir de l'angoisse glissa de mes épaules – je n'avais plus honte, non, j'étais même presque joyeuse. Tout ce que l'événement passé avait eu d'effroyable et d'inconcevable revêtait soudain un sens à mes yeux, je me *réjouissais*, j'étais *fière* à la pensée que, sans mon dévouement, ce jeune homme, beau et délicat, qui reposait ici aussi serein et paisible qu'une fleur aurait été retrouvé brisé, ensanglanté, le visage fracassé, sans vie, les yeux grands ouverts quelque part au bas d'une falaise ; je l'avais sauvé, il était sauvé. Et en cet instant – je ne pourrais le dire autrement – c'est un regard *maternel* que je posai sur cet être endormi que je venais de faire naître une seconde fois, dans des douleurs bien plus fortes que celles ressenties à la naissance de mes propres enfants. Et au beau milieu de cette chambre louée et relouée, encrassée par les nombreux passages, dans cet hôtel de passe sale et répugnant, j'éprouvai tout à coup – aussi ridicules que mes mots puissent vous paraître – le même état d'âme que dans une église : un sentiment de béatitude dans le miracle et la sanctification. De l'instant le plus effroyable de toute mon existence naissait comme un frère cet autre instant : le plus étonnant et le plus grandiose qui fût.

« Avais-je fait trop de bruit ? Avais-je parlé sans m'en rendre compte ? Je l'ignore. Mais soudain le jeune homme ouvrit les yeux. Je fus effrayée et reculai brusquement. Il regarda stupéfait autour de lui et, tout comme moi quelques minutes plus tôt, il semblait émerger péniblement de la confusion d'un sommeil archi-profond. Son regard parcourut attentivement la pièce inconnue, puis se posa sur moi comme pour m'interroger. Mais avant même qu'il ne parle ou ne reprenne ses esprits, je m'étais ressaisie. Il ne fallait pas qu'il ait l'occasion de dire un mot, de poser une question, de se laisser aller à des familiarités ; rien de ce qui s'était passé la veille et la nuit précédente ne devait se répéter, s'expliquer, se discuter.

« "Maintenant il faut que je parte, lui signifiai-je brièvement. Restez ici et habillez-vous. À midi je vous retrouverai à l'entrée du casino : là je m'occuperai de tout ce qu'il reste à faire."

« Et avant même qu'il ait pu articuler un seul mot, je pris la fuite, ne fût-ce que pour ne plus voir cette chambre, je quittai en courant et sans me retourner cette maison dont je connaissais aussi peu le nom que celui de cet étranger avec qui j'y avais passé une nuit. »

Mrs C. interrompit son récit juste le temps de reprendre haleine. Il n'y avait plus aucune trace de tension ni de souffrance dans sa voix : comme une voiture qui a péniblement gravi un chemin de montagne et, une fois passé le sommet, redescend la pente avec aisance et rapidité, son discours désormais délesté, avait des ailes :

« Donc, je courus à mon hôtel, par les rues emplies de la clarté matinale ; le déluge de la veille avait chassé du ciel tout ce qui l'obstruait, comme en moi s'était dissipée toute ombre de tourment. Car n'oubliez pas ce que je vous ai dit au début : après le décès de mon mari, j'avais complètement renoncé à la vie. Mes enfants n'avaient pas besoin de moi, je ne m'intéressais pas à moi-même, et toute existence qui se déroule sans but n'est-elle pas une erreur ? Or pour la première fois et sans que je m'y attende, une mission m'était échue : j'avais sauvé la vie d'un homme, je l'avais arraché à la destruction en mobilisant toutes mes forces. Il ne restait plus qu'un petit tronçon à parcourir pour mener ma tâche à son terme. Je retournai donc à mon hôtel : le regard surpris que m'adressa le portier en me voyant rentrer à neuf heures du matin me laissa indifférente – il n'y avait plus en moi la moindre trace de honte ni de chagrin à propos de ce qui venait de se passer, et le désir soudain de vivre, le sentiment étonnamment nouveau de la nécessité de mon existence courait, chaud, dans mes veines comblées. Une fois dans ma chambre je me changeai rapidement, renonçai inconsciemment (je ne m'en aperçus que plus tard) à mes vêtements de deuil et leur préférai une tenue plus claire, j'allai à la banque pour y prélever de l'argent, je me rendis en hâte à la gare pour me renseigner sur les départs des trains ; je m'acquittai en outre d'autres affaires et honorai quelques rendez-vous avec une détermination qui me surprit moi-même. Désormais, il ne me restait plus rien d'autre à faire que me préoccuper de cet homme que le destin avait précipité sur mon chemin, régler les détails de son départ et trouver le moyen de le sauver définitivement.

« Je dois bien avouer que, pour l'affronter, il me fallut rassembler toute mon énergie. Car la veille tout s'était passé dans l'obscurité, nous étions pris dans un tourbillon comme deux pierres emportées par un torrent qui finissent par se heurter brutalement ; nous n'avions guère pu distinguer nos visages, et je n'étais même pas sûre que cet étranger pût encore me reconnaître. Le jour précédent... tout s'était passé par hasard, dans l'ivresse, dans la frénésie qui possédait deux êtres éperdus, mais cette fois il s'agissait de me livrer à lui plus ouvertement que la veille, parce que, dans l'impitoyable clarté du jour, il me faudrait l'aborder avec toute ma personne, le visage découvert, en tant qu'être bien vivant.

« Pourtant tout cela se fit plus facilement que je ne le pensais. À peine m'étais-je approchée du casino à l'heure convenue qu'un jeune homme bondit du banc sur lequel il était assis et se précipita à ma rencontre. Il y avait dans sa surprise quelque chose de spontané, de puéril et de direct, d'heureux aussi tout comme dans chacun de ses mouvements tellement éloquents : il volait tout bonnement vers moi, et ses yeux rayonnant de gratitude exprimaient en même temps une joie déférente ; il les baissa humblement dès qu'il vit les miens se troubler en sa présence. La reconnaissance, on la voit si rarement se manifester chez les gens, et ce sont justement ceux qui la ressentent au plus profond qui ne savent comment l'exprimer, ils se taisent, embarrassés, ils ont l'air gêné et font parfois les nigauds pour dissimuler leur sentiment. Mais chez cet être-ci, à qui Dieu, ce mystérieux sculpteur, avait conféré la faculté d'extérioriser avec tant de beauté tous les mouvements de l'âme de manière aussi sensible et plastique, le geste de gratitude rayonnait de toute la passion intérieure qui embrasait la quintessence même de ce corps. Il se pencha sur ma main et, inclinant avec dévotion la forme délicate de sa tête d'enfant, il resta pendant une minute à me baiser respectueusement les doigts qu'il ne faisait qu'effleurer ; après quoi il recula, prit de mes nouvelles et me lança un regard attendrissant, mais il y avait tant de décence dans chacune de ses paroles qu'en quelques minutes toute inquiétude m'avait abandonnée. Et ce soulagement intérieur se reflétait aussi dans le miroir du paysage qui alentour baignait dans une lumière apaisée : la mer qui la veille faisait rage était si calme et si limpide que l'on voyait briller de loin le plus petit galet blanc sous les flots légers. Le casino, ce cloaque infernal, dressait sa clarté mauresque dans le ciel balayé et damassé, et le kiosque sous l'auvent duquel la pluie nous avait acculés était grand ouvert sur un étal de fleurs.

« Le midi, je l'invitai à déjeuner dans un petit restaurant ; c'est là que ce jeune inconnu me raconta l'histoire de sa tragique aventure. Elle ne faisait que confirmer le pressentiment que j'avais eu à la vue de ses mains qui tremblaient et s'agitaient nerveusement sur le tapis vert. Il était issu d'une vieille famille noble de la Pologne autrichienne et se destinait à la carrière diplomatique ; il avait fait ses études à Vienne et un mois plutôt avait brillamment réussi le premier de ses examens. Pour fêter l'événement et le récompenser, son oncle, officier de l'état-major, chez qui il habitait, l'avait emmené en fiacre au Prater et ils étaient allés ensemble au champ de courses. L'oncle avait eu de la chance au jeu et avait gagné trois fois de suite : nantis de la grosse liasse de billets de banque ainsi acquis, ils étaient allés dîner dans un élégant restaurant. Le lendemain, c'est de son père que le futur diplomate recevait, pour son succès à l'examen, une somme d'argent d'un montant égal à son allocation mensuelle ; deux jours plus tôt, cette somme lui aurait paru énorme, mais, obtenue avec autant de facilité, elle lui sembla quelconque et ridicule. Une fois le repas terminé, il était donc retourné à l'hippodrome, avait parié passionnément et sans compter, et la chance ou plutôt la malchance voulut qu'après la dernière course il quittât le Prater avec sa mise triplée. La rage du jeu s'empara de lui et ne le quitta plus, tantôt aux courses, tantôt dans les cafés ou dans les clubs, dévorant son temps, ses études, ses nerfs et surtout son argent. Il était devenu incapable de penser, de dormir en paix et, moins que tout, de se dominer ; une fois, en pleine nuit, alors qu'il revenait d'un club où il avait tout perdu, il trouva en se déshabillant un billet de banque froissé, oublié dans la poche de son gilet. Ce fut plus fort que lui, il se rhabilla aussitôt et se mit à errer dans les rues jusqu'à ce qu'il repère quelques joueurs de dominos dans un café où il resta jusqu'à l'aube. Un jour, sa sœur mariée lui vint en aide et paya les dettes qu'il avait contractées auprès d'usuriers qui s'étaient bien sûr empressés d'ouvrir un crédit au noble héritier d'un aussi grand nom. La chance au jeu lui sourit pendant quelque temps, après quoi il se mit à descendre la pente infernale, et plus il perdait, plus les engagements qu'il ne remplissait pas et la parole d'honneur qu'il ne pouvait tenir réclamaient des gains qui lui permettent de le sortir du mauvais pas. Il y avait longtemps déjà qu'il avait mis sa montre et ses vêtements en gage lorsqu'il commit l'irréparable : il déroba à sa vieille tante deux gros pendentifs qu'elle portait rarement et qui se trouvaient dans une armoire. Il engagea le premier contre une forte somme qu'il quadrupla en jouant le soir même. Mais au lieu d'aller retirer le bijou, il joua tout l'argent et perdit. À l'heure de son départ, le vol n'avait pas encore été découvert, aussi engagea-t-il le second pendentif et, poussé par une lubie, il prit le train pour Monte-Carlo afin d'aller gagner à la roulette la fortune dont il rêvait. Il y avait déjà vendu sa malle, ses vêtements, son parapluie, il ne lui restait plus que son revolver avec quatre balles et une petite croix sertie de pierres précieuses offerte par sa marraine, la princesse de X., dont il ne voulait pas se départir. Et pourtant, l'après-midi, il l'avait échangée, elle aussi, contre cinquante francs, rien que pour le plaisir excitant de pouvoir jouer ce soir encore, une dernière fois, à la vie ou à la mort.

« Il me raconta tout cela avec le charme irrésistible d'un être inspiré. Et j'écoutais, ébranlée, captivée, émue ; mais pas un instant je ne songeai à m'indigner à l'idée que cet homme assis à ma table était tout compte fait un voleur. Si la veille quelqu'un avait insinué que moi, femme au passé irréprochable, imposant à son entourage le strict et digne respect de valeurs conventionnelles, j'aurais cette entrevue familière avec un jeune homme totalement inconnu, à peine plus âgé que mon fils et qui avait volé des pendentifs de perles... je l'aurais pris pour un fou. Or pas un instant je ne fus choquée de son récit car il racontait tout cela avec un tel naturel et une telle passion que ses agissements semblaient être l'effet plutôt d'une fièvre, d'une maladie, que d'une offense à la morale. Mais surtout, pour quelqu'un qui comme moi avait été en proie, la nuit précédente, à une expérience aussi dévastatrice qu'un ouragan, le mot "impossible" n'avait plus aucun sens. L'intelligence de la réalité que j'avais acquise en ces quelque dix heures était infiniment plus grande que celle récoltée au cours de mes quarante années de vie respectable.

« Cependant quelque chose m'effrayait dans cette confession : la fièvre qui brillait dans ses yeux et qui agitait de secousses électriques tous les nerfs de son visage dès qu'il évoquait sa passion du jeu. En parler suffisait à l'exciter, et c'est avec une fidélité terrible que la plastique de son faciès reproduisait la moindre tension intérieure, qu'elle soit pénible ou plaisante. Involontairement, ses mains, si admirables, si nerveuses et aux attaches si délicates, se comportaient exactement comme à la table de jeu : elles redevenaient ces petits rapaces qui chassaient et s'enfuyaient ; tandis qu'il parlait, je les voyais frémir, du poignet jusqu'au bout des doigts, se recroqueviller puissamment et se mettre en boule puis sursauter et se rouvrir avant de se pelotonner à nouveau l'une dans l'autre. Et quand il en vint à l'épisode du vol des pendentifs, elles mimèrent (et je ne pus m'empêcher de tressaillir) le geste prompt comme l'éclair de la main qui fonce et agrippe : je *vis* véritablement les doigts endiablés bondir sur la parure et l'engloutir à la hâte dans le creux de la main. Avec un indicible effroi, je reconnus alors que cet homme était intoxiqué par sa passion jusqu'à la dernière goutte de sang.

« La seule chose qui me consternait et me bouleversait dans son récit, c'était le pitoyable asservissement de cet homme pourtant jeune, clair, insouciant de nature, à cette passion insensée. Je me fis donc un devoir de convaincre amicalement mon protégé improvisé de quitter sur-le-champ Monte-Carlo, où la tentation était des plus dangereuses, et de rejoindre sa famille au plus vite, avant que l'on ne remarque la disparition des pendentifs et que son avenir ne soit à jamais ruiné. Je lui promis de l'argent pour acheter son billet et pour dégager la parure, mais à une seule condition : qu'il parte ce jour même et qu'il me jure sur l'honneur de ne plus jamais toucher à une carte ni participer à un quelconque jeu de hasard.

« Je n'oublierai jamais l'expression de reconnaissance passionnée, humble au début puis de plus en plus lumineuse, avec laquelle cet inconnu, cet être complètement perdu, m'écoutait et *buvait* mes paroles tandis que je lui promettais mon aide ; et soudain il tendit les deux mains par-dessus la table pour saisir les miennes dans un geste, resté gravé dans ma mémoire, qui tenait de l'adoration et du vœu solennel. Il y avait des larmes dans ses yeux clairs dont le regard était comme égaré, et tout son corps tremblait nerveusement d'émotion et de bonheur. Combien de fois n'ai-je déjà tenté de vous dépeindre l'expressivité exceptionnelle de sa physionomie, mais je suis dans l'incapacité totale de représenter *cette expression-ci*, car elle traduisait une béatitude, une extase surnaturelle telle qu'aucune face humaine n'en affiche jamais, et elle rappelait plutôt cette ombre blanche que l'on croit entrevoir au sortir d'un rêve et que l'on prend pour la forme évanescente d'un ange.

« Pourquoi le nier : ce spectacle eut raison de moi. Une telle reconnaissance rend heureux parce qu'elle se manifeste rarement de manière aussi visible, et la délicatesse des sentiments est un grand bienfait ; or j'étais une personne froide et mesurée que de tels transports, absolument nouveaux, ne pouvaient que rendre heureuse et combler. Et puis, tout comme cet être ébranlé et brisé, le paysage lui aussi vibrait d'un renouveau magique après le déluge de la veille. Lorsque nous sortîmes du restaurant, la mer complètement apaisée luisait, toute bleue, et ses reflets montaient jusqu'au ciel où seules quelques mouettes blanches planaient dans un autre azur, plus lointain. Vous connaissez sans doute le paysage de la Riviera. Il crée toujours une impression de beauté et offre à l'œil sa palette de couleurs saturées et sans relief comme sur une carte postale, c'est une beauté assoupie qui se laisse caresser indifféremment par tel regard ou tel autre et s'offre, indolente, dans son éternelle luxuriance presque orientale. Mais parfois, très rarement, il y a des jours où cette beauté ressort, où elle émerge et vient au-devant de vous avec l'énergie presque fanatique de ses couleurs vives et étincelantes, elle vous lance alors triomphalement toute sa bigarrure florale au visage, elle s'embrase et brûle de sensualité. Et c'est une semblable journée exaltée qui avait succédé à la débâcle de la nuit d'orage, la rue délavée brillait comme un miroir, le ciel était de turquoise, et partout dans la verdure imbibée de sève s'allumaient des halliers, des brandons de couleur. Les montagnes plus claires semblaient s'être rapprochées dans l'atmosphère rafraîchie et baignée de soleil : elles enserraient comme un groupe de curieux la petite ville tout astiquée et étincelante ; où que se portât le regard, la nature venait à votre rencontre, vous sollicitait et vous stimulait, et sans qu'on le veuille elle vous emportait le cœur : "Prenons une voiture, dis-je, et longeons la corniche."

« Il acquiesça avec enthousiasme : pour la première fois depuis son arrivée, ce jeune homme semblait voir et remarquer le paysage. Jusque-là il n'avait fréquenté que l'étouffante salle du casino avec son odeur de sueur et de renfermé, avec sa cohue de gens hideux et grimaçants, et il n'avait vu qu'une mer morose, grise et houleuse. Mais, en cet instant, l'immense éventail du littoral inondé de soleil était déployé devant nous et l'œil voyageait avec bonheur d'un panorama à l'autre. À bord de la voiture, nous traversâmes lentement (l'automobile n'existait pas encore) ce paysage magnifique, longeant quantité de villas, découvrant maintes perspectives : et cent fois, à chaque demeure, à chaque villa abritée dans sa pinède, un désir secrètement enfoui refaisait surface : qu'il ferait bon vivre là, dans le calme et la paix, satisfait, à l'écart du monde !

« Ai-je jamais été plus heureuse dans ma vie qu'en cette heure-là ? Je ne sais pas. J'étais assise à côté de ce jeune homme qui la veille encore était livré aux crocs de la fatalité et de la mort ; étonné de se retrouver à présent dans cette voiture, caressé par les rayons blancs du soleil, il semblait rajeuni de plusieurs années. Il était redevenu un jeune garçon, un bel enfant pétulant dont le regard plein de vie exprimait aussi le respect. Et rien ne me ravissait plus en lui que cette délicate prévenance toujours en éveil : si la côte était trop raide et si les chevaux avaient du mal à tirer la voiture, il sautait lestement pour la pousser par-derrière. Si je citais un nom de fleur ou si j'en désignais une du doigt le long du chemin, il courait la cueillir. Il ramassa et porta avec précaution dans l'herbe verte un petit crapaud qui, attiré par la pluie de la veille, se traînait péniblement sur la route et risquait d'être écrasé par la voiture ; et, entre-temps, il racontait avec exubérance les choses les plus drôles et les plus charmantes : je crois que le rire était pour lui une sorte de dérivatif car sans cela il aurait dû chanter ou sauter ou faire le fou, tant son transport soudain l'emplissait de bonheur et d'ivresse.

« Sur la hauteur, nous traversâmes un petit hameau et soudain il souleva poliment son chapeau. Cela me surprit : qui saluait-il ainsi, cet inconnu d'entre les inconnus ? Il rougit légèrement à ma question et m'expliqua, presque en s'excusant, que nous venions de passer devant une église et que chez lui, en Pologne, comme dans tous les pays strictement catholiques, on apprenait dès l'enfance à se découvrir devant chaque église et devant chaque sanctuaire. Ce beau respect des choses religieuses m'émut profondément et me rappela aussi cette croix dont il avait parlé ; je lui demandai alors s'il était croyant. Lorsque d'un geste un peu honteux il m'avoua humblement qu'il espérait sa part de salut, une pensée me vint à l'esprit. "Arrêtez-vous !" criai-je au cocher, et je descendis précipitamment de la voiture. Interloqué, il me suivit : "Mais où allons-nous ?" Je répondis seulement : "Venez avec moi !"

« Il m'accompagna et nous marchâmes en direction de l'église, un petit édifice campagnard tout en brique. À l'intérieur, les murs gris et nus, badigeonnés de chaux, étaient plongés dans la pénombre, la porte était ouverte de sorte qu'un cône de lumière jaunâtre perçait l'obscurité où l'ombre festonnait de bleu les contours d'un petit autel. Deux cierges trouaient de leur œil voilé la lueur crépusculaire qu'emplissaient de tièdes vapeurs d'encens. Nous entrâmes, il ôta son chapeau, plongea la main dans le bénitier, se signa et fit une génuflexion. À peine s'était-il redressé que je lui saisis le bras. "Allez, fis-je énergiquement, approchez-vous d'un autel ou d'une effigie qui vous est sacrée et prêtez le serment que je vais vous dicter." Il me regarda, surpris, presque effrayé. Mais il avait compris, et il s'avança vers une niche, fit le signe de la croix et s'agenouilla docilement. "Répétez après moi, dis-je, tremblant moi-même d'émotion, répétez après moi : Je jure – Je jure, fit-il, et je poursuivis : – que je ne m'adonnerai plus jamais à un jeu de hasard, quel qu'il soit, et que je n'exposerai plus jamais ni ma vie ni mon honneur à cette passion."

« Il répéta les mots en tremblant : ils sonnèrent haut et clair dans le vide absolu du lieu. Puis il y eut un instant de silence, un silence si profond que l'on percevait du dehors le léger bruissement des feuilles agitées par le vent. Et soudain il se prosterna comme un pénitent : dans un état d'extase tel que je n'en avais jamais vu, il débita en langue polonaise un flot de paroles qui m'étaient incompréhensibles. Il devait s'agir d'une prière extatique, d'une action de grâce ou d'un acte de contrition car cette tumultueuse confession le forçait sans cesse à baisser humblement la tête vers l'appui du prie-Dieu ; les sons étrangers se répétaient au rythme d'une passion croissante, et un mot revenait constamment, qu'il proférait avec une indicible ferveur. Jamais auparavant et plus jamais par la suite je n'ai entendu prier de cette façon dans une église. Ses mains s'agrippaient convulsivement à la tablette de bois du prie-Dieu, tout son corps était secoué par un orage intérieur qui tantôt le soulevait, tantôt le terrassait. Il ne voyait ni ne sentait plus rien : tout en lui semblait se passer dans un autre monde, dans un purgatoire de la métamorphose ou dans un élan vers des sphères saintes. Enfin, il se releva lentement, fit le signe de croix et se retourna avec peine. Ses genoux tremblaient, son visage était livide comme celui d'un homme complètement épuisé. Mais dès qu'il me vit, ses yeux rayonnèrent et un sourire véritablement *pieux* illumina sa face transportée ; il s'approcha de moi, s'inclina très bas, à la russe, saisit mes deux mains pour les toucher respectueusement du bout des lèvres : "C'est Dieu qui vous a envoyée vers moi. Et je l'en ai remercié." Je ne savais quoi dire. Mais j'aurais voulu que par-dessus les chaises les orgues se mettent à retentir car je sentais que ma réussite était totale : j'avais sauvé cet homme pour toujours.

« Nous sortîmes de l'église et nous nous retrouvâmes dans la lumière radieuse de cette journée de mai baignée de soleil : jamais le monde ne m'avait paru si beau. Pendant deux heures encore, la voiture nous promena lentement le long de cette route panoramique qui depuis ses hauteurs offrait une vue nouvelle à chaque tournant. Mais nous ne parlions plus. Après une telle profusion de sentiments, toute parole semblait mesquine. Et si d'aventure mon regard croisait le sien, je me sentais confuse et contrainte de le détourner : le spectacle de mon propre miracle me bouleversait bien trop.

« Vers cinq heures de l'après-midi, nous rentrâmes à Monte-Carlo. J'avais alors un rendez-vous avec des parents et il ne m'était plus possible de le reporter. Et à vrai dire, je me languissais intérieurement d'une pause, d'un moment de détente après toute cette avalanche d'émotions violentes. Car c'était trop de bonheur. Je sentais que je devais me divertir de cet état d'extase et d'ardeur excessive tel que je n'en avais jamais vécu de toute mon existence. Aussi priai-je mon protégé de m'accompagner pour un instant seulement à mon hôtel ; là, dans ma chambre, je lui remis l'argent nécessaire pour le voyage et pour dégager la parure. Nous convînmes qu'il irait acheter son billet de train pendant que j'irais à mon rendez-vous ; ensuite nous nous retrouverions le soir à sept heures dans le hall d'entrée de la gare, c'est-à-dire une demi-heure avant le départ du train qui le ramènerait chez lui en passant par Gênes. Quand je voulus lui remettre les cinq billets de banque, ses lèvres devinrent d'une pâleur singulière : "Non... pas... pas d'argent... je vous en supplie, pas d'argent ! bougonna-t-il entre les dents, tandis que ses doigts nerveux et agités se rétractaient en tremblant. Pas d'argent... pas d'argent... je ne puis le voir", répétait-il encore, comme physiquement terrassé de dégoût ou d'angoisse. Mais je voulus apaiser ses scrupules en lui rappelant qu'il ne s'agissait que d'un prêt et que si mon geste le contrariait il n'avait qu'à m'établir un reçu. "Oui... oui... un reçu", bredouilla-t-il en détournant le regard, puis il froissa les billets comme s'il s'agissait de quelque chose de gluant qui lui salissait les doigts et les enfonça dans sa poche sans les regarder, puis traça précipitamment quelques mots à grands traits sur un bout de papier. Quand il releva la tête, la sueur perlait sur son front ; quelque chose en lui semblait remonter par à-coups jusqu'à sa gorge : à peine m'avait-il tendu le bout de papier qu'il fut pris de tressaillements, et soudain – dans mon effroi, je fis malgré moi un bond en arrière – il tomba à genoux et se mit à baiser l'ourlet de ma robe. Geste indescriptible : je me mis à trembler de tout mon corps devant cette véhémence qu'il ne pouvait contenir. Un étrange frisson me parcourut, je me sentis confuse et ne pus que balbutier : "Je vous remercie d'être à ce point reconnaissant. Mais je vous en prie, maintenant, partez ! Ce soir, à sept heures, dans le hall d'entrée de la gare, nous prendrons congé l'un de l'autre."

« Il fixa sur moi son regard qu'humectait une lueur d'attendrissement ; je crus un instant qu'il voulait me dire quelque chose et qu'il voulait aussi m'empêcher de partir. Mais il s'inclina soudain, cette fois encore profondément, très profondément et quitta la pièce. »

Mrs C. interrompit de nouveau son récit. Elle s'était levée et était allée à la fenêtre, elle regardait dehors et demeura ainsi un long moment sans bouger : il me sembla que la silhouette de son dos qui se détachait sur la vitre était secouée d'un léger tremblement. Brusquement, elle se retourna avec détermination, ses mains, jusque-là calmes et indifférentes, firent tout à coup un mouvement violent, comme pour couper court à quelque chose, comme pour déchirer quelque chose. Puis elle me lança un regard dur, presque effronté et elle reprit d'un seul coup :

« Je vous ai promis d'être entièrement sincère. Et je me rends compte combien ce serment était nécessaire. Car maintenant seulement, tandis que je m'efforce de décrire tout ce qui s'est passé alors, en reconstituant l'ordre cohérent des événements, et tandis que je cherche les mots susceptibles de définir clairement un sentiment qui était encore enkysté et confus, maintenant seulement je perçois avec lucidité bien des choses que je ne savais pas en ces instants ou peut-être que je ne voulais pas savoir. C'est pourquoi je suis fermement résolue à dire la vérité, à me la révéler à moi-même en même temps qu'à vous : à ce moment-là, à la seconde même où le jeune homme quittait la pièce et me laissait seule derrière lui, j'eus le sentiment – et je crus m'évanouir – de recevoir un coup au cœur : quelque chose m'avait mortellement atteinte mais je ne savais pas – ou bien je refusais de savoir – en quoi l'attitude pourtant respectueuse et attendrissante de mon protégé m'avait si douloureusement blessée.

« Mais maintenant que je m'efforce de faire resurgir tout ce passé du tréfonds de moi-même, de le faire de manière ordonnée et avec une objectivité que seul permet le recul, étant donné aussi que votre qualité de témoin ne tolère aucune hypocrisie, aucune dissimulation de quelque sentiment aussi honteux soit-il, maintenant je le sais avec certitude : ce qui me fit alors tant de mal, c'était la déception... oui, j'étais déçue que... que ce jeune homme soit parti aussi docilement... sans essayer de me garder, de rester auprès de moi... qu'il ait obéi aussi aisément, avec autant de respect et d'humilité à ma volonté de le voir rentrer chez lui, au lieu... au lieu de tenter de m'attirer à lui... déçue qu'il me vénère seulement comme une sainte apparue sur son chemin... et que... et qu'il ait ignoré la femme en moi.

« Oui, ce fut une grande déception... une déception que je ne m'avouai pas, ni alors ni plus tard, mais une femme n'a pas besoin de mots ni de conscience lucide pour savoir ce genre de choses. Car... désormais je refuse de me leurrer plus longtemps : si cet homme m'avait alors enlacée, m'avait alors appelée à lui, je l'aurais suivi jusqu'au bout du monde, quitte à déshonorer mon nom et celui de mes enfants... indifférente aux discours des gens et à la raison intérieure, je me serais enfuie avec lui, comme cette Mme Henriette l'a fait avec son jeune Français que, la veille encore, elle ne connaissait pas... je n'aurais pas demandé où nous allions ni pour combien de temps, je n'aurais pas jeté un seul regard en arrière, sur ma vie passée... j'aurais sacrifié mon argent, mon nom, ma fortune et mon honneur à ce seul être… je me serais mise à mendier et sans doute n'y a-t-il aucune bassesse sur terre à laquelle je n'aurais consenti rien que pour lui. J'aurais renoncé à tout ce que les hommes qualifient de pudeur ou de réserve si seulement il avait fait un pas vers moi, m'avait adressé une seule parole, s'il avait essayé de me retenir… tant, en cet instant, j'étais éperdument conquise. Mais… je vous l'ai déjà dit… cet homme singulièrement captif de lui-même n'accorda plus aucun regard à la femme que j'étais… et je ne ressentis l'ardeur de la flamme qui me portait vers lui qu'au moment où je fus seule avec moi-même, où la passion qui un instant plus tôt exaltait encore son visage illuminé et séraphique était obscurément retombée en moi et errait dans le vide de ma poitrine délaissée. J'eus beaucoup de peine à me ressaisir, et mon rendez-vous me pesait doublement. C'était comme si mon crâne était pris dans l'étau d'un casque de fer dont l'énorme poids me faisait chanceler : mes pensées étaient décousues et aussi désorientées que mes pas lorsque je me rendis à l'autre hôtel pour y retrouver des proches. Complètement abattue, je restais assise au milieu de leur conversation animée et ne pouvais m'empêcher de sursauter d'effroi chaque fois que je levais les yeux par hasard et découvrais ces visages inexpressifs qui me paraissaient momifiés ou recouverts d'un masque, en comparaison de cet autre visage qui passait sans cesse de l'ombre à la lumière comme sous l'effet d'un jeu de nuages. J'avais l'impression d'être avec des morts, tant la présence de cette assemblée était effroyablement exsangue ; et tandis que je mettais du sucre dans ma tasse et conversais, l'esprit absent, toujours surgissait dans ma mémoire, poussée par mon sang en ébullition, l'image de ce visage dont la contemplation m'était source de joie intense, et que je verrais pour la dernière fois – effroyable perspective – une ou deux heures plus tard. J'ai probablement soupiré ou gémi inconsciemment car soudain la cousine de mon mari se pencha vers moi, pour me demander ce que j'avais, si je me sentais mal, j'avais l'air si pâle et si soucieuse. Je trouvai aussitôt et sans peine une réponse à cette question inattendue : je prétextai une migraine et lui demandai la permission de me retirer discrètement.

« Ainsi rendue à moi-même, je courus sans plus tarder à mon hôtel. À peine m'y retrouvai-je seule que j'éprouvai de nouveau un sentiment de vide, d'abandon, et son emprise était si forte que je me mis à désirer violemment ce jeune homme que j'allais quitter bientôt et pour toujours. J'arpentais la chambre de long en large, ouvrais les tiroirs sans raison, je changeais de robes et de rubans et me plantais devant le miroir, m'y dévisageant d'un œil scrutateur pour savoir si, parée de la sorte, j'aurais l'heur de m'attirer ses regards. Subitement je me compris : tout faire pour ne pas le quitter ! Et en l'espace d'une seconde où je me fis violence, cette volonté se mua en détermination. Je courus trouver le concierge pour lui annoncer que je partais ce jour même par le train du soir. Maintenant il s'agissait de faire vite : je sonnai la femme de chambre pour qu'elle m'aide à faire mes bagages – le temps pressait – ; et tandis que nous rivalisions de vitesse pour entasser vêtements, affaires de toilette et autres objets dans les valises, je m'imaginais toute la surprise que je causerais ce soir : je l'accompagnerais jusqu'au train et attendrais le dernier moment, le tout dernier, celui où il me tendrait la main et me ferait ses adieux, pour le surprendre en montant moi-même dans le wagon, et pour me joindre à lui cette nuit-là, la nuit suivante – aussi longtemps qu'il voudrait de moi. Une sorte d'ivresse folle, d'enthousiasme délirant me parcourut les veines et il m'arrivait même de rire à brûle-pourpoint tandis que je jetais mes vêtements dans les malles, au côté de la femme de chambre déconcertée : tous mes sens étaient en émoi et j'avais perdu la tête, maintenant je m'en rendais compte. Lorsqu'un valet vint enlever mes bagages, je le regardai d'abord d'un air étonné : il m'était difficile de penser aux choses pratiques alors que tant d'émotions fortes m'assaillaient intérieurement.

« Le temps pressait, il était sans doute près de sept heures et il restait tout au plus vingt minutes jusqu'au départ du train – mais je me consolais en me disant que je n'allais plus à un adieu puisque je m'étais décidée à l'accompagner dans son voyage aussi longtemps, aussi loin qu'il le jugerait bon. Le valet emporta mes bagages et je me hâtai d'aller régler ma note à la caisse de l'hôtel. Déjà le directeur me rendait la monnaie, déjà je m'apprêtais à sortir quand une main me toucha doucement l'épaule. Je sursautai. C'était ma cousine qui, inquiétée par mon prétendu malaise, était venue s'enquérir de ma santé. Un voile noir passa devant mes yeux. Je n'avais que faire d'elle, chaque seconde de retard représentait une menace fatale pour mon départ, mais la politesse m'obligea à lui répondre et à lui parler du moins pendant un moment. "Tu dois aller te coucher, insistait-elle, tu as certainement de la fièvre." Et, en effet, il devait en être ainsi, car je sentais les pulsations de mon cœur battre puissamment à mes tempes et je vis même planer devant mes yeux l'ombre bleue qui précède l'évanouissement. Mais je protestai et m'efforçai de me montrer reconnaissante, alors que chaque parole me marquait au fer rouge et que j'aurais préféré repousser d'un coup de pied sa sollicitude si inopportune. Mais voilà, l'indésirable bienfaitrice restait, elle restait, elle restait là, elle m'offrit de l'eau de Cologne et voulut elle-même m'en rafraîchir les tempes ; pendant ce temps, je comptais les minutes, je pensais à lui et tentais de trouver un prétexte pour échapper à cette insupportable manifestation d'intérêt. Et plus je m'énervais, plus je lui semblais suspecte : c'est presque avec violence qu'elle voulut finalement me faire remonter dans ma chambre pour m'y étendre sur mon lit. Et là – au beau milieu de ses exhortations – mon regard croisa soudain la pendule qui était au milieu du hall : elle marquait sept heures vingt-huit minutes, et le train partait à sept heures trente-cinq. Alors, brusquement, d'un coup, avec la brutale indifférence du désespoir, je tendis la main à ma cousine en disant : "Adieu, je dois partir !" et, sans me soucier de son regard stupéfait, sans me retourner, je passai en trombe devant le portier consterné, pris la porte, sortis dans la rue et courus en direction de la gare. Le valet qui au loin gesticulait auprès de mes bagages me fit comprendre qu'il était grand temps. Aveuglée par ma fureur, je me précipitai à la barrière, mais le contrôleur me fit obstacle : j'avais oublié de prendre un billet. Et tandis que je recourais presque à la violence pour le persuader de me laisser accéder aux quais, le train, déjà s'ébranlait : je fixais les wagons, tremblant de tous mes membres, dans l'espoir d'encore happer au vol un regard lancé d'une des fenêtres, un signe de la main, un geste d'adieu. Mais dans la mêlée des voyageurs qui se pressaient pour prendre leur place, il était impossible de distinguer son visage. Les voitures roulaient de plus en plus vite et au bout d'une minute il n'y avait plus qu'un nuage de poussière noire devant mes yeux obscurcis.

« Sans doute suis-je restée là comme pétrifiée, Dieu sait combien de temps, car le valet qui m'avait déjà adressé la parole à plusieurs reprises se risqua enfin à me toucher le bras. Alors seulement je sursautai. Devait-il ramener mes bagages à l'hôtel ? Je mis quelques minutes à reprendre mes esprits ; non, impossible, après ce départ précipité et ridicule je ne pouvais ni ne voulais d'ailleurs y retourner, jamais plus ; aussi, dans mon impatience de me retrouver seule, lui ordonnai-je de déposer mes valises à la consigne. C'est après seulement, prise dans le tourbillon de cette foule changeante qui se pressait bruyamment dans le hall puis finit par se clairsemer, que je m'efforçai de mettre de l'ordre dans mes idées et réfléchis aux moyens d'échapper à cette obsédante sensation toute de colère, de remords et de désespoir, car – pourquoi ne pas l'avouer ? – l'idée d'avoir, par ma propre faute, manqué cette dernière rencontre me taraudait impitoyablement comme l'eût fait une pointe aiguisée et brûlante. J'aurais voulu crier tant cette lame chauffée à blanc s'enfonçait toujours plus implacablement en moi. Seuls certains êtres fermés à la passion connaissent peut-être, en des moments exceptionnels, ces explosions soudaines de sentiments exacerbés dont l'effet est aussi ravageur qu'une avalanche ou un ouragan : ce sont alors des années entières de forces non utilisées qui se déversent avec rancœur dans la poitrine. Jamais auparavant et plus jamais par la suite je n'ai vécu un tel sentiment de surprise et de furieuse impuissance qu'en cette seconde où, prête à toutes les audaces – prête à jeter d'un seul coup tout ce que j'avais accumulé, épargné, amassé au fil de mon existence –, je me trouvai soudain face à un mur d'absurdité contre lequel ma passion venait inutilement buter.

« Ce que je fis ensuite ne pouvait être que tout aussi absurde, une folie, voire une bêtise, et j'ai presque honte de le raconter – mais je me suis promis, je nous suis promis de ne rien cacher : eh bien, je... je cherchai à le retrouver... c'est-à-dire à retrouver chaque instant passé avec lui... quelque chose de plus fort que moi me poussait violemment vers tous ces lieux où nous avions été ensemble la veille, le banc auquel je l'avais arraché dans les jardins, la salle de jeux où je l'avais vu pour la première fois et même cet hôtel borgne, rien que pour revivre une fois encore, une seule fois, le passé. Et le lendemain j'avais l'intention de refaire en voiture notre parcours sur la corniche pour ressusciter en moi chacune de ses paroles, chacun de ses gestes – tant le désarroi dans lequel mon âme était plongée était absurde, puéril. Mais rappelez-vous avec quelle foudroyante impétuosité cette succession d'événements s'était abattue sur moi – car finalement tout cela m'avait été assené comme un coup de massue qui me laissait étourdie. Mais en cet instant, brutalement réveillée de ce tumulte, je n'avais qu'un souci : revivre bribe par bribe ces émotions fugitives pour les goûter rétrospectivement, par le biais de ce mécanisme magique et automystificateur qu'est le souvenir – certes, ce sont là des choses que l'on comprend ou que l'on ne comprend pas. Peut-être faut-il avoir le cœur embrasé pour les comprendre.

« Je me rendis donc tout d'abord à la salle de jeux pour chercher la table où je l'avais vu assis et pour me figurer en pensées ses mains parmi toutes les autres. J'y pénétrai : c'était, je m'en souvenais parfaitement, à la table de gauche du deuxième salon que je l'avais aperçu pour la première fois. Je revoyais distinctement chacun de ses gestes : j'aurais pu retrouver sa place les yeux fermés et les mains tendues comme une somnambule. J'entrai donc et traversai directement la salle. Et alors... quand arrivée à la porte je tournai mes regards vers la cohue des joueurs... quelque chose d'inouï se produisit... à la place exacte où j'étais en train de l'imaginer se trouvait – fièvre hallucinatoire ? – ce jeune homme... il était là, bien réel... Lui... Lui... exactement comme je venais de me le représenter en rêve... exactement comme la veille, les yeux fixement braqués sur la boule, blême comme un spectre... mais... Lui... Lui... indéniablement lui...

« J'avais envie de crier de toutes mes forces tant ma stupeur était grande. Mais je contins ma frayeur devant cette vision insensée et je fermai les yeux. "Tu es devenue folle… tu rêves… tu délires, me répétais-je. C'est absolument impossible, tu as des hallucinations… Il a quitté cette ville en chemin de fer il y a une demi-heure." Ensuite seulement je rouvris les yeux. Mais, horreur ! il était bien là, exactement comme avant, en chair et en os, aucun doute possible… j'aurais reconnu ces mains-là parmi des millions d'autres… non, je ne rêvais pas, c'était bel et bien lui. Il n'était donc pas parti comme il m'avait juré de le faire, ce fou était assis là, il avait apporté ici et déposé sur le tapis vert l'argent que je lui avais donné pour rentrer chez lui et, subjugué par la passion, il l'avait mis en jeu, et pendant ce temps-là mon cœur en proie au désespoir souffrait le martyre à cause de lui.

« Un brusque sursaut me propulsa en avant : mes yeux s'emplirent de fureur, en proie à une rage subite je vis rouge et n'avais qu'une envie : saisir à la gorge le parjure qui avait si ignoblement trompé ma confiance, mes sentiments, mon dévouement. Mais cette fois encore je parvins à me contenir. Avec une lenteur voulue (mais au prix de quelle énergie !), je m'approchai de la table et me postai juste en face de lui, un monsieur m'offrit poliment sa place. Deux mètres de drap vert nous séparaient l'un de l'autre et je pouvais, comme au théâtre du haut d'un balcon, observer le spectacle de son visage, de ce même visage que deux heures auparavant j'avais vu rayonner de gratitude, illuminé par l'auréole de la grâce divine et qui était redevenu la proie frémissante de tous les feux infernaux de la passion. Les mains, ces mêmes mains que, dans l'après-midi encore, j'avais vues étreindre convulsivement la tablette du prie-Dieu pour le plus sacré des serments étaient redevenues des griffes qui se recroquevillaient sur l'argent comme de petits vampires assoiffés. Car il avait gagné, et il devait avoir gagné beaucoup, énormément : devant lui brillait un amas confus de jetons, de louis d'or et de billets de banque, un méli-mélo négligemment épars dans lequel il plongeait et replongeait les doigts avec volupté, ces doigts tremblants et nerveux. Je les voyais tenir et plier avec tendresse chacun des billets, faire tourner et palper amoureusement les pièces pour ensuite et d'un seul coup en prendre une pleine poignée et la jeter sur un des rectangles. Aussitôt les ailes de son nez furent prises de tressaillements nerveux, l'appel du croupier détourna ses yeux étincelants de cupidité vers la petite boule qui valsait dans tous les sens, il était comme arraché à lui-même tandis que ses coudes semblaient littéralement cloués au tapis vert. Son état de possession se manifestait de manière plus terrible, plus effroyable encore que la veille au soir, et chacun de ses mouvements assassinait cette autre image gravée sur fond d'or que j'avais intégrée en moi avec tant de crédulité.

« Nous respirions ainsi tous les deux à quelques mètres l'un de l'autre : je le regardais fixement sans qu'il remarquât ma présence. Il ne me voyait pas, il ne voyait personne, son regard ne glissait que sur l'argent ou bien sautillait au rythme de la boule : tous ses sens étaient captifs de la sphère endiablée de ce cercle vert, entraînés dans un infernal va-et-vient. Pour ce fanatique du jeu, le monde entier, l'humanité tout entière étaient réduits à la surface rectangulaire de ce drap vert tendu sur la table. Et je savais que je pouvais rester là des heures et des heures sans qu'il ne soupçonnât même l'ombre de ma présence.

« Mais je n'y tins plus. Avec une brusque détermination, je fis le tour de la table, me postai derrière lui et saisis son épaule d'une main ferme. Il leva vers moi des yeux hagards – l'espace d'un instant, il fixa sur moi sa prunelle vitreuse sans me reconnaître, on aurait dit un ivrogne que l'on vient d'arracher au sommeil et dont le regard abruti est encore embué d'obscures vapeurs intérieures. Puis il sembla me reconnaître, sa bouche s'entrouvrit en tremblant, il paraissait heureux de me voir et balbutia tout bas, avec une familiarité confusément secrète : "Tout va bien... Je l'ai su tout de suite, dès que je suis entré et que j'ai vu qu'Il était ici... Je l'ai su immédiatement..." Je ne le comprenais pas. Je remarquais seulement qu'il était enivré par le jeu, que cet insensé avait tout oublié, son serment, son rendez-vous, moi et le monde entier. Mais tout possédé qu'il fût, son extase était à ce point contagieuse qu'involontairement je lui prêtai une oreille attentive et lui demandai avec intérêt de qui il parlait.

« "Du vieux général russe qui n'a plus qu'un seul bras, là-bas, murmura-t-il en se pressant tout contre moi pour que personne n'ait vent du magique secret. Là-bas, celui qui a des favoris blancs, avec un laquais derrière lui. Il gagne tout le temps, je l'ai bien observé hier, il doit suivre une martingale et je joue toujours comme lui... Hier aussi il gagnait tout le temps... mais moi j'ai commis la faute de continuer alors que lui s'était arrêté... ce fut mon erreur... hier il doit avoir gagné quelque vingt mille francs... et aujourd'hui aussi il gagne à tous les coups... maintenant je mise toujours d'après lui... Maintenant..."

« Il interrompit brusquement ses explications, car le croupier criait son grinçant *"Faites vos jeux*"* et déjà son regard redevenu nerveux cherchait avidement la place où le Russe à la barbe blanche était assis, grave et paisible, et posait avec circonspection d'abord une pièce d'or, puis après un moment d'hésitation une seconde pièce sur le quatrième rectangle. À l'instant même, sous mes yeux, les mains fiévreuses plongèrent dans le tas et jetèrent toute une poignée de pièces au même endroit. Et quand une minute plus tard, le croupier lança "Zéro !" et que son râteau balaya toute la table d'un seul grand geste circulaire, le jeune homme regarda stupéfait tout cet argent qui s'en allait comme par magie. Mais croyez-vous qu'il s'est alors tourné vers moi ? Pas du tout, il m'avait complètement oubliée ; je n'existais plus, j'étais sortie de sa vie ; les sens tendus et en émoi il n'avait d'yeux que pour le général russe qui, avec une parfaite indifférence, soupesait deux nouvelles pièces d'or, encore incertain du numéro sur lequel il miserait.

« Je ne saurais vous décrire mon amertume, mon désespoir. Mais imaginez ce que je ressentais : n'être plus qu'une mouche que l'on chasse négligemment d'une main distraite, aux yeux d'un homme à qui l'on a donné toute sa vie. Une nouvelle vague de fureur m'envahit. Je saisis son bras avec une telle poigne qu'il sursauta.

« "Levez-vous immédiatement ! lui murmurai-je tout bas mais avec autorité. Rappelez-vous le serment que vous avez fait aujourd'hui dans cette église, vous n'êtes qu'un misérable parjure."

« Il me dévisagea, consterné et blême. Ses yeux prirent soudain l'expression d'un chien battu, et ses lèvres se mirent à trembler. Il sembla se souvenir d'un seul coup des événements passés et être saisi d'une sorte d'horreur de lui-même.

« "Oui… oui…, bégaya-t-il. Ô mon Dieu, mon Dieu !… Oui… Je viens, pardonnez-moi…"

« Et déjà sa main engrangeait tout l'argent, précipitamment d'abord, d'un geste ample mais impétueux, puis en ralentissant progressivement comme freinée par une force contraire. Son regard était retombé sur le général russe qui était justement en train de miser.

« "Un moment encore… – et il s'empressa de jeter cinq pièces d'or sur le même rectangle que lui. Rien que cette dernière partie… Je vous jure qu'ensuite je vous suivrai… rien que cette dernière partie… Rien que…"

« Et cette fois encore sa voix expira. La boule s'était mise à rouler, l'entraînant dans sa ronde. Derechef le possédé venait de m'échapper, d'échapper à lui-même, précipité avec la boule dans la cuvette lisse où elle tournoyait avant de faire la folle et de sauter d'une case à l'autre. Le croupier cria un numéro et de nouveau le râteau récolta les cinq pièces qu'il avait misées ; il avait perdu. Mais il ne se retourna pas. Il m'avait oubliée, tout comme le serment, tout comme les paroles qu'il m'avait adressées une minute plus tôt. Sa main cupide se tendait convulsivement vers l'argent envolé, tandis que son regard ivre se tournait fasciné vers son vis-à-vis porte-bonheur qui accaparait sa volonté comme un aimant.

« Ma patience était à bout. Je le secouai encore une fois, mais maintenant avec violence. "Levez-vous sur-le-champ ! Immédiatement !… Vous avez dit que ce serait la dernière partie…"

« C'est alors que l'inattendu se produisit. Il se retourna d'un mouvement sec et brusque, mais le visage qui me regardait n'était plus celui d'un être humble et troublé, c'était celui d'un homme furieux, d'un enragé dont les yeux lançaient des flammes et dont les lèvres tremblaient de colère. "Fichez-moi la paix ! rugit-il. Allez-vous-en ! Vous me portez malheur. Chaque fois que vous êtes là, je perds. Ce fut le cas hier, et aujourd'hui encore. Allez-vous-en !"

« Je fus d'abord sidérée. Mais sa démence déchaîna ma colère, à moi aussi.

« "Je vous porte malheur ? hurlai-je à mon tour. Espèce de menteur, espèce de voleur, vous qui m'aviez juré..." Mais je m'arrêtai là car le possédé bondit de sa chaise et me repoussa, indifférent au tumulte qui s'élevait autour de nous. "Laissez-moi en paix, s'époumona-t-il, hors de lui. Je ne suis pas sous votre tutelle... tenez... tenez... le voilà votre argent, et il me jeta des billets de cent francs au visage... Mais maintenant laissez-moi tranquille !"

« Il avait crié cela très fort, comme un fou, indifférent à tous ces gens qui l'entouraient. Tout le monde regardait, chuchotait, donnait son avis, riait, et des joueurs affluèrent même de la salle voisine. C'était comme si l'on m'avait arraché mes vêtements et que je me retrouvais là toute nue devant tous ces curieux... "*Silence, madame, s'il vous plaît !*" lança le croupier d'une voix forte et autoritaire en frappant sur la table avec son râteau. Et c'est à moi que cela s'adressait, c'est moi que visaient les paroles de ce pitoyable exécutant. Humiliée, couverte de honte, j'étais là comme une prostituée livrée à la curiosité de cette assemblée dont les murmures et les chuchotements s'amplifiaient, comme une fille de joie que l'on venait de payer. Deux cents, trois cents paires d'yeux insolents me dévisageaient sans vergogne et alors... tandis que je m'éloignais, courbant le dos sous ces déjections d'humiliation et de honte, je tournai de côté mes regards qui tombèrent directement sur deux yeux que la stupéfaction rendait presque tranchants – c'était ma cousine qui me dévisageait, abasourdie, la bouche ouverte et la main levée dans un mouvement de frayeur.

« Je ressentis comme un coup de fouet : avant même qu'elle ait pu faire un geste ou se remettre de sa surprise, je me précipitai hors de la salle ; je trouvai encore la force d'aller jusqu'au banc, ce même banc sur lequel l'insensé s'était effondré hier. Aussi faible, épuisée et brisée que lui la veille, je m'affalai sur la banquette de bois impitoyablement dure.

« Il y a aujourd'hui vingt-quatre ans de cela et pourtant quand je me remémore cet instant où j'étais là, fustigée par son mépris et offerte aux regards de centaines de gens, mon sang se glace dans mes veines. Et je sens avec effroi quelle substance faible, molle, misérable doit être ce que nous appelons pompeusement âme, esprit, sentiment ou encore douleur, puisque tout cela, même poussé à son paroxysme, n'est pas capable de briser complètement le corps en souffrance, la chair torturée – parce que le sang continue de battre dans nos veines et que l'on survit à de telles heures, au lieu de mourir et de se laisser abattre comme un arbre par la foudre. La douleur ne m'avait brisé les membres que pour un instant, celui du choc, au moment où je me laissai tomber sur ce banc, à bout de souffle, hébétée et avec l'avant-goût pour ainsi dire voluptueux d'une mort nécessaire. Mais comme je vous l'ai dit, la souffrance est lâche et elle se dérobe face au tout-puissant désir de vivre, qui semble bien plus enraciné dans notre chair que la passion de la mort ne l'est dans notre esprit. Chose que je ne puis m'expliquer à moi-même : après une telle débâcle de sentiments, je me suis relevée, même si j'ignorais encore ce que j'allais faire. Et soudain je me souvins que mes bagages m'attendaient à la gare, dès lors une seule pensée m'anima : partir, partir, partir, quitter cet endroit, ce lieu infernal et maudit. Je courus jusqu'à la gare sans faire attention à personne et demandai l'heure de départ du premier train pour Paris ; dix heures, me répondit l'employé, et je fis aussitôt enregistrer mes bagages. Dix heures – exactement vingt-quatre heures s'étaient donc passées depuis cette effroyable rencontre, vingt-quatre heures à ce point ballottées par des rafales de sentiments insensés qu'à l'intérieur de moi tout semblait à jamais dévasté. Mais ensuite je ne fus plus attentive qu'à une seule injonction qui me martelait la cervelle : partir ! partir ! partir ! Et ce mot, enfoncé dans ma tête comme à coups de burin, battait dans mes tempes : partir ! partir ! partir ! Partir loin de cette ville, loin de moi-même, rentrer chez moi, retrouver les miens, ceux d'autrefois, ma vie à moi ! Le train roula toute la nuit avant d'atteindre Paris, là je passai d'une gare à l'autre et gagnai directement Boulogne, de Boulogne je me rendis à Douvres, de Douvres à Londres et de Londres chez mon fils – et tout ce voyage fut fait d'une traite, sans réfléchir, sans penser ; quarante-huit heures sans dormir, sans parler, sans manger, quarante-huit heures au cours desquelles toutes les roues n'avaient résonné que d'un seul mot : partir ! partir ! partir ! Lorsque, enfin, sans être attendue par personne, j'entrai dans la maison de campagne de mon fils, la stupeur fut générale : il devait y avoir dans mon apparence, dans mon regard, quelque chose qui me trahissait. Mon fils voulut m'étreindre et m'embrasser. J'eus un mouvement de recul : l'idée qu'il touche des lèvres que j'estimais souillées m'était insupportable. J'évitai toute question, réclamai seulement un bain, j'en éprouvais le besoin non seulement après ce long voyage harassant mais aussi pour purifier mon corps de toute trace que la passion de cet être dément et indigne avait pu y laisser. Puis je me traînai jusqu'à ma chambre et je dormis douze heures, peut-être quatorze, d'un sommeil profond, d'un sommeil de plomb, comme je n'en avais jamais eu ni n'en eus plus jamais par la suite, un sommeil qui m'a appris ce que c'était que d'être étendu mort dans un cercueil. Ma famille s'inquiétait pour moi comme pour une malade, mais leur tendresse ne parvenait qu'à me faire du mal, j'avais honte de leur prévenance, du respect qu'ils me témoignaient, et je devais constamment me retenir pour ne pas me laisser aller à leur crier que je les avais tous trahis, oubliés et même abandonnés sous le coup d'une passion folle et insensée.

« Puis je me remis en route et me rendis au hasard dans une petite ville française où je ne connaissais personne, car j'étais obsédée par l'idée absurde que tout un chacun pouvait deviner rien qu'à me voir et au premier coup d'œil ma métamorphose et ma déchéance, tant je me sentais trahie et salie au plus profond de l'âme. Parfois, quand je me réveillais le matin dans mon lit, j'avais une peur atroce d'ouvrir les yeux. J'étais assaillie par le souvenir de cette nuit où je m'étais réveillée subitement aux côtés d'un inconnu à moitié nu et je n'avais alors qu'un seul souhait, comme cette fois-là à Monte-Carlo : celui de mourir tout de suite.

« Mais, finalement, le pouvoir du temps est immense, et l'âge a un effet curieusement dévalorisant sur tous les sentiments. On se sent plus proche de la mort, son ombre s'étend, noire, sur votre route, les choses y sont moins voyantes, elles ne vous pénètrent plus aussi intensément et ne représentent plus guère la menace d'un danger. Je me remis peu à peu du choc éprouvé ; et lorsque bien des années plus tard je rencontrai un jour, en société, l'attaché de la légation d'Autriche, un jeune Polonais, et qu'à une question que je lui posais sur sa famille il me raconta qu'un fils de son cousin s'était suicidé d'une balle dix ans plus tôt à Monte-Carlo – je ne tremblai même pas. Cela ne me faisait même plus souffrir : et peut-être même – pourquoi nier son égoïsme – cela me fit-il du bien, car désormais je n'aurais plus à craindre de le rencontrer : le seul témoin à charge qui restait, c'était ma mémoire. Depuis lors, je me suis apaisée. Après tout, vieillir ne signifie rien d'autre que cesser d'avoir peur de son passé.

« Et maintenant vous aurez compris pourquoi je me suis brusquement décidée à vous parler de ma destinée. Lorsque vous avez défendu Mme Henriette et que vous avez soutenu passionnément que vingt-quatre heures pouvaient être déterminantes pour le destin d'une femme, je me suis sentie concernée : je vous étais reconnaissante parce que pour la première fois je me voyais pour ainsi dire confortée. Et alors j'ai pensé : pourquoi ne pas me décharger l'âme en en parlant, peut-être cela m'aidera-t-il à secouer le joug obsédant de cet éternel besoin de regarder en arrière ; je pourrai peut-être alors retourner là-bas et entrer dans cette même salle où j'ai rencontré mon destin, mais sans plus ressentir de haine ni envers lui ni envers moi. Alors la pierre qui pèse sur mon âme sera soulevée et elle retombera de tout son poids sur le passé, l'empêchant de resurgir. Cela m'a fait du bien de pouvoir vous raconter tout cela : je me sens plus légère et presque joyeuse... Je vous en suis reconnaissante. »

En disant ces mots, elle s'était soudain levée, je compris qu'elle avait fini. Embarrassé, je cherchai quelque chose à dire. Mais elle avait dû percevoir mon émotion, et elle coupa court :

« Non, je vous en prie, ne dites rien... je ne tiens pas à ce que vous me répondiez ou à ce que vous parliez... Acceptez mes remerciements pour m'avoir écoutée, et faites bon voyage. »

Elle était debout en face de moi et me tendit la main en signe d'adieu. Involontairement je levai les yeux, et le visage de cette vieille femme qui était là devant moi, affable et quelque peu gênée, me parut merveilleux dans ce qu'il avait de touchant. Le reflet de la passion éteinte ou bien la confusion colorait soudain ses joues d'une rougeur inquiète qui s'intensifiait et s'étendait jusqu'à la racine de ses cheveux blancs. Elle se tenait là comme une jeune épousée, pudiquement troublée par ses souvenirs et honteuse de sa confession. Ému malgré moi, je brûlais intérieurement de lui témoigner ma déférence par un simple mot. Mais ma gorge se noua. Je m'inclinai profondément et baisai respectueusement sa main fanée qui tremblait légèrement comme un feuillage d'automne.

Pavillons Poche

Titres parus

Peter Ackroyd
Un puritain au paradis

Woody Allen
Destins tordus

Niccolò Ammaniti
Et je t'emmène

Sherwood Anderson
Le Triomphe de l'œuf

Margaret Atwood
Faire surface
La Femme comestible
Mort en lisière
Œil-de-chat
La Servante écarlate
La Vie avant l'homme
Neuf contes

Dorothy Baker
Cassandra au mariage

Nicholson Baker
À servir chambré
La Mezzanine

Ulrich Becher
La Chasse à la marmotte

Saul Bellow
La Bellarosa connection
Le Cœur à bout de souffle
Un larcin

Robert Benchley
Le Supplice des week-ends

Adolfo Bioy Casares
Journal de la guerre au cochon
Le Héros des femmes
Un champion fragile

Nouvelles fantastiques
Nouvelles d'amour
Dormir au soleil

William Peter Blatty
L'Exorciste

Jorge Luis Borges, Adolfo Bioy Casares
Chroniques de Bustos Domecq
Nouveaux Contes de Bustos Domecq
Six problèmes pour Don Isidro Parodi

Mikhaïl Boulgakov
Le Maître et Marguerite
Le Roman théâtral
La Garde blanche

Vitaliano Brancati
Le Bel Antonio

Emily Brontë
Les Hauts de Hurle-Vent

Anthony Burgess
L'Orange mécanique
Le Testament de l'orange
Les Puissances des ténèbres

Dino Buzzati
Bestiaire magique
Le régiment part à l'aube
Nous sommes au regret de…
Un amour
En ce moment précis
Bàrnabo des montagnes
Panique à la Scala
Chroniques terrestres
Nouvelles oubliées
Nouvelles inquiètes

Lewis Carroll
Les Aventures d'Alice sous terre

Michael Chabon
Les Mystères de Pittsburgh
Les Loups-garous dans leur jeunesse
La Solution finale

Owen Chase
Récit de l'extraordinaire et affligeant naufrage du baleinier Essex

Upamanyu Chatterjee
Les Après-midi d'un fonctionnaire très déjanté
La Vengeance du carnivore

Susanna Clarke
Les Dames de Grâce Adieu

Collectif
Rome, escapades littéraires
Saint-Pétersbourg, escapades littéraires
Berlin, escapades littéraires
New York, escapades littéraires
Londres, escapades littéraires
Moscou, escapades littéraires
Paris, escapades littéraires
Naples, escapades littéraires
Madrid, escapades littéraires
Séville, escapades littéraires
Rencontres avec le diable, petite anthologie de la peur
Lisbonne, escapades littéraires
Barcelone, escapades littéraires
La Sicile, petite anthologie d'escapades littéraires

John Collier
Le Mari de la guenon

Sir Arthur Conan Doyle
Sherlock Holmes : son dernier coup d'archet

William Corlett
Deux garçons bien sous tous rapports

Avery Corman
Kramer contre Kramer

Helen DeWitt
Le Dernier Samouraï

Joan Didion
Maria avec et sans rien
Un livre de raison
Démocratie

E. L. Doctorow
Ragtime

Roddy Doyle
La femme qui se cognait dans les portes
The Commitments
The Snapper
The Van
Paula Spencer

Andre Dubus III
La Maison des sables et des brumes

Lawrence Durrell
Affaires urgentes

F. Scott Fitzgerald
Un diamant gros comme le Ritz

Zelda Fitzgerald
Accordez-moi cette valse

E. M. Forster
Avec vue sur l'Arno
Arctic Summer

Carlo Fruttero et Franco Lucentini
L'Amant sans domicile fixe

Charlotte Perkins Gilman
Herland

Graham Greene
Les Comédiens
La Saison des pluies
Le Capitaine et l'Ennemi
Rocher de Brighton
Dr Fischer de Genève
Tueur à gages
Monsignor Quichotte
Mr Lever court sa chance, nouvelles complètes 1
L'homme qui vola la tour Eiffel, nouvelles complètes 2
Un Américain bien tranquille
La Fin d'une liaison
Voyages avec ma tante

Le Fond du problème
Le Facteur humain
La Puissance et la Gloire
Le Troisième Homme

Kent Haruf
Colorado Blues
Le Chant des plaines
Les Gens de Holt County
Nos âmes la nuit

Jerry Hopkins et Daniel Sugerman
Personne ne sortira d'ici vivant

Bohumil Hrabal
Une trop bruyante solitude
Moi qui ai servi le roi d'Angleterre
Rencontres et visites
Les Noces dans la maison

Henry James
Voyage en France
La Coupe d'or

Erica Jong
Le Complexe d'Icare

Thomas Keneally
La Liste de Schindler

Janusz Korczak
Journal du ghetto

Jaan Kross
Le Fou du tzar

Jhumpa Lahiri
Longues distances

D. H. Lawrence
Le Serpent à plumes

John Lennon
En flagrant délire

Siegfried Lenz
La Leçon d'allemand
Le Dernier Bateau

Une minute de silence
Le Bureau des objets trouvés

Primo Levi
Conversations et entretiens
Maintenant ou jamais

Ira Levin
Le Fils de Rosemary
Rosemary's Baby

Tessa de Loo
Les Jumelles

Norman Mailer
Le Chant du bourreau
Bivouac sur la lune
Les vrais durs ne dansent pas
Mémoires imaginaires de Marilyn
Morceaux de bravoure
Prisonnier du sexe

Dacia Maraini
La Vie silencieuse de Marianna Ucrìa

Guillermo Martínez
La Vérité sur Gustavo Roderer

Tomás Eloy Martínez
Santa Evita
Le Roman de Perón

Richard Mason
17 Kingsley Gardens

Somerset Maugham
Les Trois Grosses Dames d'Antibes
Madame la Colonelle
Mr Ashenden, agent secret
Les Quatre Hollandais

James A. Michener
La Source

Arthur Miller
Ils étaient tous mes fils
Les Sorcières de Salem
Mort d'un commis voyageur
Les Misfits

Focus
Enchanté de vous connaître
Une fille quelconque
Vu du pont *suivi de* Je me souviens de deux lundis

Pamela Moore
Chocolates for breakfast

Daniel Moyano
Le Livre des navires et bourrasques

Geoff Nicholson
Comment j'ai raté mes vacances

Anaïs Nin
L'intemporalité perdue et autres nouvelles de jeunesse

Joseph O'Connor
À l'irlandaise

Pa Kin
Le Jardin du repos

Katherine Anne Porter
L'Arbre de Judée

Janice Pariat
Variations d'un cœur

Mario Puzo
Le Parrain
La Famille Corleone *(avec Ed Falco)*

Mario Rigoni Stern
Les Saisons de Giacomo

Saki
Le Cheval impossible
L'Insupportable Bassington
La Fenêtre ouverte

J. D. Salinger
Dressez haut la poutre maîtresse, charpentiers,
suivi de Seymour, une introduction
Franny et Zooey
L'Attrape-cœurs
Nouvelles
L'Attrape-cœurs *(bilingue)*

Roberto Saviano
Le Contraire de la mort *(bilingue)*

William Shakespeare
Roméo et Juliette *(bilingue)*
Othello *(bilingue)*
Hamlet *(bilingue)*

Sam Shepard
Balades au paradis
À mi-chemin

Muriel Spark
Les Belles années de Mademoiselle Brodie

Robert Silverberg
Les Monades urbaines
Le Château de Lord Valentin
Chroniques de Majipoor
Valentin de Majipoor
L'Homme stochastique
Roma Æterna
Shadrak dans la fournaise

Johannes Mario Simmel
On n'a pas toujours du caviar

Alexandre Soljenitsyne
Le Premier Cercle
Zacharie l'Escarcelle
La Maison de Matriona
Une journée d'Ivan Denissovitch
Le Pavillon des cancéreux

Tom Spanbauer
Dans la ville des chasseurs solitaires

Robert Louis Stevenson
L'Étrange cas du Dr Jekyll et de Mr Hyde

Quentin Tarantino
Inglourious Basterds

Edith Templeton
Gordon

Hunter S. Thompson
Gonzo Highway

James Thurber
La Vie secrète de Walter Mitty

Olga Tokarczuk
Dieu, le temps, les hommes et les anges

John Kennedy Toole
La Bible de néon

John Updike
Jour de fête à l'hospice

Alice Walker
La Couleur pourpre

Evelyn Waugh
Retour à Brideshead
Grandeur et décadence
Le Cher Disparu
Scoop
Une poignée de cendres
Ces corps vils
Hommes en armes
Officiers et gentlemen
La Capitulation
Hissez le grand pavois
Diablerie
L'épreuve de Gilbert Pinfold

Rebecca West
La Famille Aubrey

Tennessee Williams
Le Boxeur manchot
Sucre d'orge
Le Poulet tueur et la folle honteuse
Un tramway nommé Désir
La Chatte sur un toit brûlant
La Ménagerie de verre
Soudain l'été dernier

Tom Wolfe
Embuscade à Fort Bragg

Virginia Woolf
Lectures intimes

Richard Yates
La Fenêtre panoramique
Onze histoires de solitude
Easter Parade
Un été à Cold Spring
Menteurs amoureux
Un dernier moment de folie
Un destin d'exception

Stefan Zweig
Lettre d'une inconnue *suivi de* Trois nouvelles de jeunesse
La Peur
Le Joueur d'échecs
La Confusion des sentiments
Vingt-quatre heures de la vie d'une femme
Amok *suivi de* La Ruelle au clair de lune
Seuls les vivants créent le monde

Titres à paraître

Charles Dickens
Les Aventures de Joseph Grimaldi

Adolfo Bioy Casares
Une Poupée Russe

Composition et mise en pages
Nord Compo à Villeneuve-d'Ascq

N° d'édition : 62961/02 - N° d'impression : 94765
Achevé d'imprimer en septembre 2021 en Espagne par Liberdúplex

L'éditeur de cet ouvrage s'engage dans une démarche de certification FSC® qui contribue à la préservation des forêts pour les générations futures.

Pour en savoir plus :
www.editis.com/engagement-rse/